Charles Dickens

David Copperfield

Tradução e adaptação em português de
Hildegard Feist

Ilustrações de
Luiz Maia

editora scipione

Gerência editorial
Sâmia Rios

Edição
Mauro Aristides

Edição de texto
José Paulo Brait

Roteiro de trabalho
Rosana Correa Pereira El-Kadri

Revisão
Renato Luiz Tresolavy
Nair Hitomi Kayo

Coordenação de arte
Maria do Céu Pires Passuello

Programação visual de capa e miolo
Didier D. C. Dias de Moraes

Ilustrações de capa e miolo
Luiz Maia

editora scipione

Avenida das Nações Unidas, 7221
Pinheiros – São Paulo – SP – CEP 05425-902

Atendimento ao cliente:
(0xx11) 4003-3061

www.coletivoleitor.com.br
atendimento@aticascipione.com.br

2023
ISBN 978-85-262-5180-9 – AL
CL: 733666
CAE: 221144
1.ª EDIÇÃO
11.ª impressão

Impressão e acabamento
Forma Certa Gráfica Digital

Traduzido e adaptado de *David Copperfield*, de Charles Dickens. London: Penguin, 1996.

• • •

Ao comprar um livro, você remunera e reconhece o trabalho do autor e de muitos outros profissionais envolvidos na produção e comercialização das obras: editores, revisores, diagramadores, ilustradores, gráficos, divulgadores, distribuidores, livreiros, entre outros.
Ajude-nos a combater a cópia ilegal! Ela gera desemprego, prejudica a difusão da cultura e encarece os livros que você compra.

• • •

Dados Internacionais de Catalogação na Publicação (CIP)
(Câmara Brasileira do Livro, SP, Brasil)

Feist, Hildegard

    David Copperfield / Charles Dickens; tradução e adaptação de Hildegard Feist; ilustrações de Luiz Maia. – São Paulo: Scipione, 2004. (Série Reencontro literatura)

    Título original: David Copperfield

    1. Literatura infantojuvenil I. Dickens, Charles, 1812-1870. II. Maia, Luiz. III. Título. IV. Série.

03-7272   CDD-028-5

Índices para catálogo sistemático:
1. Literatura infantojuvenil   028.5
2. Literatura juvenil   028.5

SUMÁRIO

Quem foi Charles Dickens?	4
1. Minha vida em família	6
2. Grandes mudanças	10
3. Meu primeiro castigo	15
4. O colégio interno	18
5. Um aniversário inesquecível	22
6. Aprendiz de escravo	26
7. Em busca de um lar	31
8. Nome novo, vida nova	35
9. Um grande reencontro	39
10. Festa de noivado	43
11. Lembranças e lamentos	45
12. Beber não vale a pena	48
13. O sócio	53
14. Abismo de amor	57
15. Novidades	60
16. A fuga de Emily	64
17. Meu noivado secreto	66
18. Arruinados	69
19. Trabalho duro	76
20. "Estar por cima"	79
21. Fúria impotente	83
22. Marcha nupcial	85
23. Lar, doce lar	88
24. Boas notícias	91
25. A raposa encurralada	94
26. Escuridão	100
27. Mortos na praia	103
28. Uma descoberta crucial	106
29. Sem lugar vazio	109
Quem é Hildegard Feist?	112

QUEM FOI CHARLES DICKENS?

Lembre-se de Charles Dickens (Inglaterra, 1812-1870) sempre que você ligar a tevê para assistir a um capítulo de novela: foi a partir do sucesso de *As aventuras do sr. Pickwick* (adaptado para a série Reencontro Literatura com o título de *O sr. Pickwick em flagrantes*) que a forma seriada de contar histórias tornou-se mundialmente popular. Isso aconteceu na Inglaterra, durante os anos de 1836 e 1837, quando pela primeira vez uma publicação atingiu a surpreendente tiragem de quarenta mil exemplares.

Essa popularização da literatura não era apreciada pela crítica, que acusava Dickens de "fabricar entretenimento" e de ser "um homem que recebera pouca educação, escrevendo para um público ainda menos letrado do que ele".

Na verdade, o menino Charles não teve oportunidade de frequentar a escola por muito tempo. Filho mais velho de um funcionário público que gastava muito mais do que suas posses permitiam, aos doze anos foi obrigado a trabalhar numa fábrica. Seu pai acabou sendo preso por dívidas e toda a família, sem dinheiro sequer para pagar o aluguel, terminou na miséria.

O sentimento de abandono nunca mais deixou Dickens. A figura da criança desamparada, perdida e perseguida se tornou personagem central de muitas de suas obras, como *David Copperfield* (1849-50).

Por natureza e por necessidade financeira, a capacidade de trabalho de Dickens era assombrosa. Empregado de um tabelionato aos quinze anos, aprendeu estenografia. Um pouco mais tarde, já trabalhava como repórter para revistas e jornais. Logo depois, sob o pseudônimo de Boz, publicava crônicas em que elementos reais e imaginários, fundidos humoristicamente, tornavam-no um jornalista cada vez mais apreciado.

O público de Charles Dickens adquiriu consciência política com as consequências negativas da Revolução Industrial: o êxodo rural, que sujeitava o trabalhador a baixos salários e condições de trabalho aterradoras nas fábricas; a falta de representantes da classe operária no

Parlamento britânico; a profunda depressão econômica causada pela superprodução de mercadorias.

Por meio de seus escritos, Dickens deu grande publicidade aos abusos que se cometiam contra a população pobre da Inglaterra por também ter sido vítima daquele sistema social opressivo. O professor vingativo, o patrão tirano, o menor abandonado, as leis injustas, a prisão por dívidas, a fome, a doença faziam parte da vida de personagens e leitores.

Charles Dickens morreu repentinamente, em 1870, aos cinquenta e oito anos, e foi sepultado na abadia de Westminster, Londres, por desígnio de sua mais nobre leitora, a rainha Vitória (1819-1901).

1

Minha vida em família

Nasci numa sexta-feira do mês de março, à meia-noite em ponto. Por causa do dia e da hora, uns e outros profetizaram que eu seria infeliz na vida e que teria o dom de ver fantasmas e espíritos. Com relação à primeira profecia, a história que me proponho contar vai mostrar; quanto à segunda, até este momento não se cumpriu.

Meu pai havia morrido seis meses antes de eu nascer. Era um homem de saúde frágil, bem mais velho que minha mãe – tinha o dobro da idade dela quando se casaram. Deixou-lhe uma pensão anual suficiente para viver sem preocupações financeiras e uma empregada, que ele resolvera chamar pelo sobrenome – Pegotty –, já que o primeiro nome – Clara – era o mesmo de minha mãe.

Morávamos em Blunderstone, uma cidadezinha do condado de Suffolk, no Sudeste da Inglaterra. Apesar de modesta, nossa casa era confortável e ampla, com um belo jardim e um quintal onde havia um pombal sem pombo nenhum e um canil sem cachorro nenhum.

Tínhamos duas salas no andar térreo. A menor era nossa favorita, onde ficávamos à noite; Pegotty nos fazia companhia depois que cumpria suas tarefas e sempre que não recebíamos visitas. A maior só era usada aos domingos e em minha cabeça estava associada com a morte, pois ali teve lugar o velório de meu pai e ali minha mãe leu para nós a história de Lázaro ressuscitado. Essa sala me causava pesadelos terríveis, que obrigavam minha mãe e Pegotty a me tirar da cama e me levar até a janela de meu quarto para eu ver o cemitério da igreja e, assim, me assegurar de que nenhum morto havia se levantado do túmulo.

Uma noite, minha mãe foi visitar a sra. Grayper, nossa vizinha, e voltou acompanhada de um elegante cavalheiro de bigode preto que no domingo anterior caminhara conosco até nossa casa, quando saímos da igreja.

– Você tem mais sorte que um rei – ele me falou, estendendo a mão para me acariciar a cabeça.

– O que o senhor quer dizer com isso? – perguntei, ao mesmo tempo que afastava sua mão bruscamente.

– David! – minha mãe exclamou. – Que modos são esses?

– Não ralhe com o menino – o homem lhe pediu. – É uma reação natural...

Não entendi o motivo de sua condescendência, mas não gostei de seu jeito, nem de sua voz, nem da maneira como olhava para minha mãe. Ainda bem que logo ele se despediu e rumou para o portão; ao sair, dirigiu-nos um aceno e um sorriso que me pareceram simplesmente agourentos.

A partir de então, Pegotty passou a ficar cada vez menos conosco na sala e o sr. Murdstone (assim se chamava o elegante cavalheiro de bigode preto) passou a frequentar nossa casa cada vez mais. Pouco a pouco me acostumei com sua presença, porém a primeira impressão que tive dele não se desfez.

Uns dois meses depois que essa situação se instalara em nossa vida, eu estava lendo meu livro sobre crocodilos, que praticamente já sabia de cor, e Pegotty estava cerzindo meias, enquanto esperávamos minha mãe voltar de mais um jantar com o sr. Murdstone. De quando em quando, eu olhava para Pegotty, só para me certificar de que ela estava prestando atenção na leitura, e por várias vezes a surpreendi de boca aberta, prestes a dizer alguma coisa que, no entanto, custou a sair.

– O que você acha de passar uns dias comigo na casa de meu irmão, em Yarmouth? – ela finalmente perguntou, interrompendo a cerzidura por um instante. – Meu irmão é um sujeito muito simpático, e Yarmouth é uma cidade muito gostosa – acrescentou. – Você pode brincar com meu sobrinho Ham, pode correr pela praia, pode passear de barco, pode ouvir as histórias dos pescadores...

– Acho ótimo! – exclamei, encantado com tantos atrativos. – Mas... será que minha mãe me deixa ir?

– Claro que deixa! Se você quiser, falo com ela hoje mesmo.

Uma terrível preocupação estragou minha alegria.

– Mas... o que minha mãe vai fazer enquanto estivermos fora? Ela não pode ficar sozinha...

Pegotty baixou os olhos e não respondeu. Se estava procurando um furo no calcanhar da meia que tinha na mão, devia ser tão minúsculo que nem valia a pena cerzir.

– Ela não pode ficar sozinha – repeti, mais preocupado ainda.

– Quem falou em ficar sozinha? – Pegotty rebateu. – Você não sabia que ela vai passar uns dias com a sra. Grayper?

– Bem, sendo assim... – suspirei, aliviado. – Quando é que a gente viaja?

Naquela noite, contei os minutos para ouvir minha mãe declarar que concordava com o projeto das férias inesperadas em Yarmouth. E, depois de receber sua aprovação, contei os minutos até o dia glorioso da partida. Ah, se eu soubesse o que ia acontecer, não estaria tão ansioso para me afastar de meu lar feliz!

É bom lembrar que, quando nos despedimos, minha mãe

me beijou várias vezes e me abraçou e chorou, e eu senti um amor tão grande por ela e por nossa velha casa que também me pus a chorar, com a cabeça em seu peito. É triste lembrar que logo o sr. Murdstone nos separou e, com uma expressão irritada, cochichou alguma coisa para minha mãe e a conduziu para dentro. Olhei para Pegotty, pronto para lhe pedir uma explicação, porém ela estava tão transtornada que achei melhor não abrir a boca. Se havia recebido ordens de me levar para uma floresta distante, como nos contos de fada, ela certamente jogaria botões na estrada para me indicar o caminho de volta.

2

Grandes mudanças

Além de ser puxada por um pangaré preguiçoso, lerdo como uma tartaruga, a charrete que nos transportou até Yarmouth parou em vários endereços para entregar umas encomendas. Com isso a viagem se tornou tão demorada e cansativa que minhas apreensões se desfizeram ao longo do trajeto e exultei ao avistar Yarmouth, o lugar mais plano que já vi na vida. Pensei que, se o mundo era de fato redondo, como afirmava meu livro de geografia, uma parte tão plana só podia estar situada num dos polos. Comentei que uma colinazinha não ficaria mal e que a cidade seria mais bonita se não estivesse tão grudada no mar. Pegotty retrucou, com uma ênfase maior que a habitual, que devemos aceitar as coisas como elas são e se declarou orgulhosa de ser filha de Yarmouth, "o melhor lugar do universo".

Ham estava nos esperando na estalagem onde a charrete nos deixou. Era um robusto rapagão de um metro e oitenta, mas tinha um rosto de menino e um cabelo crespo que lhe dava um ar de carneirinho indefeso. Ele pegou nossas malas e nos conduziu por um labirinto de ruas movimentadas e barulhentas, repletas de cordoarias, oficinas de calafetagem, ferrarias e outros estabelecimentos relacionados com pesca e construção naval, as duas grandes atividades locais. Um cheiro forte de peixe e de breu nos acompanhou durante todo o percurso, que terminou numa praia completamente deserta.

– Chegamos, menino David! – Ham anunciou.

Olhei para todos os lados, esperando avistar uma casa, mas só vi um barco velho, com a quilha enterrada na areia. Um funil de ferro funcionava como chaminé e fumegava de modo aconchegante. A porta, recortada no casco, estava aberta, e entramos num misto de sala e cozinha, impecavelmente limpo e bem-arrumado. Uma mesa, um armário e uma meia dúzia de baús e caixotes que serviam de bancos e cadeiras compunham o mobiliário. Nas paredes havia quadros com gravuras coloridas que ilustravam episódios bíblicos, como o de Abraão (vestido de vermelho) pronto para sacrificar seu filho Isaac (vestido de azul). Das vigas do teto pendiam diversos ganchos, cuja utilidade não percebi no momento.

Uma mulher tristonha, de avental branco, e uma menina linda, com um colar de contas azuis, estavam pondo a mesa para o jantar. Um homem de cabelo grisalho recebeu-nos calorosamente e, depois de declarar que tinha o maior prazer em me hospedar, chamou minha querida empregada de "mocinha" e lhe beijou o rosto. Era o irmão dela, o sr. Daniel Pegotty.

Enquanto comíamos, bem protegidos do vento frio e da solidão, descobri que Ham e Emily, a menina do colar, não eram filhos do dono da casa, como pensei, mas de dois irmãos seus, que morreram afogados.

– O senhor não tem filhos? – perguntei a meu anfitrião.

– Não – ele respondeu. – Eu nunca me casei.

Eu jurava que a sra. Gummidge, a mulher de avental, era sua esposa, porém a conversa tomou outro rumo, e só mais tarde, quando me acomodei em meu quarto, na popa do barco, pude saciar minha curiosidade.

– A sra. Gummidge é viúva de um pescador que trabalhou com meu irmão durante muitos anos e a deixou sem eira nem beira – Pegotty me contou então. – "Onde comem três, comem quatro", Daniel falou. E recolheu a coitada. Ele tem um coração do tamanho do mundo – acrescentou, com orgulho. – E agora trate de dormir – completou, debruçando-se para me dar um beijo na testa.

Sozinho no quarto, escutei os passos das mulheres recolhendo-se com Emily na proa e o barulho dos homens armando suas redes nos ganchos que eu tinha visto ao entrar. A casa mergulhou no silêncio, rompido apenas pelo marulho das ondas e pelo zumbido do vento, e eu mergulhei num sono profundo.

Acordei assim que o dia clareou e, sem perda de tempo, saí para passear. Encontrei Emily catando conchinhas e, para puxar conversa, falei:

– Aposto que você é boa marinheira.

– Eu, não! – ela exclamou, balançando a cabeça. – Tenho medo do mar. Foi o mar que levou meu pai.

– Você viu?

– Não – ela respondeu. – Eu ainda nem tinha nascido.

– Então somos iguais – comentei –, pois eu também não tinha nascido quando meu pai morreu.

Emily olhou para mim, muito séria, e guardou no bolso do avental as últimas conchinhas que havia pegado.

– Não somos iguais, não – rebateu e se pôs a enumerar nos dedos nossas diferenças: – Você sabe onde seu pai está enterrado, e eu só sei que o meu está em algum lugar no fundo do mar. Você tem mãe, e eu perdi a minha já faz tempo. Você é rico, e eu sou pobre. Você é chique, e eu sou caipira.

– Eu não sou rico – protestei. – Sou remediado, como minha mãe sempre diz.

– Melhor remediado que pobre – Emily resmungou.

– Parece que você tem raiva de ser pobre...

– Raiva, não, mas bem que eu queria ser rica – ela suspirou, olhando sonhadoramente para o céu. – Se eu fosse rica, o tio Dan não ia mais precisar trabalhar, e a gente não ia mais se preocupar quando faz mau tempo e podia ajudar os outros pescadores...

Nesse momento, Pegotty nos chamou para tomar o café da manhã. Depois, caminhamos novamente pela praia, catamos mais conchinhas e conversamos sobre o que gostaríamos de ser e o que gostaríamos de ter na vida.

Antes de o dia terminar, eu já estava perdidamente apaixonado por Emily e lhe fiz uma veemente declaração de amor.

Até ameacei me matar, no caso de meus sentimentos não serem correspondidos. Ela jurou que me amava, e não tive dúvida de que era sincera.

E assim, namorando Emily, vendo o sr. Pegotty e Ham saírem para o mar ao nascer do sol e retornarem ao entardecer, ouvindo histórias de pescadores e convivendo com aquelas pessoas simples e generosas, nem percebi que se haviam passado quinze dias e estava na hora de voltar para Blunderstone. Foi duro me despedir de Yarmouth, mas dizer adeus a Emily foi devastador. Até o último instante ficamos de mãos dadas, e, quando a charrete se afastou, senti pela primeira vez na vida um vazio no coração.

Entretanto, ao avançar lentamente pela estrada, comecei a achar que havia sido muito ingrato com minha mãe e minha casa, pois não pensara nem em uma nem em outra durante minha estadia em Yarmouth. E comecei a sentir muita saudade de ambas e a desejar chegar logo e correr para os braços de minha mãe. Imaginei que ela estaria me esperando no portão, ansiosa para me cobrir de beijos. Todavia, quando por fim nos apeamos diante de minha casa, quem nos recebeu foi uma empregada estranha.

– O que aconteceu? – perguntei, aflito. – Onde está a mamãe?

Pegotty me acariciou o cabelo e, depois de muito pigarrear, contou-me que agora eu tinha um pai.

Alguma coisa relacionada com o cemitério que eu avistava da janela de meu quarto e com a ressurreição dos mortos apertou-me a garganta como uma garra poderosa.

– Vamos cumprimentar seu novo pai – Pegotty propôs e, tomando-me pela mão, levou-me para dentro.

Meio zonzo, deixei-me conduzir até a sala grande, onde me deparei com minha mãe, sentada de um lado da lareira, e com o sr. Murdstone, sentado no lado oposto. Minha mãe largou o bordado que estava fazendo e se levantou apressada, sem dúvida para me abraçar, porém o sr. Murdstone a deteve.

– Controle-se, minha querida – ele lhe ordenou. – Controle-se sempre – frisou e, voltando-se para mim com a mão estendida, perguntou: – Como vai, meu rapaz?

Apertei-lhe a mão sem pronunciar uma só palavra. Depois me aproximei de minha mãe e a beijei. Ela me beijou também, timidamente, e retomou seu bordado. Confuso, desapontado e profundamente infeliz, saí da sala assim que pude e subi a escada para me refugiar em meu quarto. Mas então descobri que meu querido quarto havia mudado de lugar. Temendo que tudo tivesse mudado, corri para baixo e logo constatei que nada era como antes. Até o quintal estava diferente, pois agora o canil abrigava um cachorro imenso, preto como o bigode do sr. Murdstone e bravo como um leão.

3

Meu primeiro castigo

Como se não bastasse a disciplina militar que o sr. Murdstone implantou em nossa casa, havia ainda a irmã dele, a srta. Jane, uma solteirona empertigada e severa, com umas sobrancelhas espessas que quase se emendavam acima de seu narigão de bruxa. Juntos, os dois vigiavam tudo, repreendiam minha mãe sempre que achavam que ela estava sendo condescendente comigo ou com Pegotty e nunca a consultavam antes de tomar uma decisão. Alegavam que não queriam aborrecê-la com assuntos domésticos.

Eu estudava em casa, com minha mãe, sob a supervisão dos Murdstone. Um dia me apresentei para a aula certo de que estava bem preparado, mas logo percebi que me enganara redondamente. Cometi um erro após outro, e, quando empaquei no problema de aritmética, minha mãe desatou a chorar.

Imediatamente meu padrasto se levantou e me intimou a acompanhá-lo escada acima, até meu novo quarto. Então fechou a porta, dobrou o braço esquerdo ao redor de meu pescoço, prendendo minha cabeça como se a colocasse num torno, e ergueu a vara que sempre empunhava ameaçadoramente durante as aulas.

– Por favor, não me bata! – supliquei-lhe. – Prometo que vou me esforçar mais!

– Vai mesmo – ele rosnou, descendo a vara em meu traseiro sem dó nem piedade.

Não sei como consegui girar a cabeça naquele torno implacável, mas o fato é que agarrei seu pulso esquerdo antes que sua mão direita desferisse a segunda vergastada e o mordi com toda a fúria. Foi o quanto bastou para levar uma surra que até hoje me faz ranger os dentes de raiva.

    Meus gritos de dor fizeram minha mãe e Pegotty subirem a escada e intercederem por mim aos prantos. De nada adiantou: o sr. Murdstone continuou me batendo como se quisesse me moer de pancadas; quando finalmente se deu por satisfeito, saiu do quarto e trancou a porta por fora. Fiquei deitado no chão, todo dolorido, sem ânimo para me mexer.

    De manhã a srta. Jane me comunicou que eu podia sair para passear pelo jardim durante meia hora, nem um minuto mais. Acrescentou que eu permaneceria preso por cinco dias e que, à noite, me escoltaria até a sala, para rezar em família, porém deveria me manter afastado dos outros, como um delinquente. Será que morder o pulso do padrasto constituía um crime inafiançável?

    Meu confinamento estava chegando ao fim quando, tarde da noite, ouvi alguém cochichar meu nome e me aproximei da porta. Era Pegotty que me chamava pelo buraco da fechadura. Depois de me pedir para falar o mais baixo possível, ela me contou que meu padrasto resolvera me mandar para um internato, na periferia de Londres, e que eu partiria no dia seguinte.

De fato, pela manhã, a srta. Jane abriu a porta do quarto e anunciou que eu ia para a escola (o que não produziu em mim nem sombra da surpresa que ela esperava), ordenando-me que me vestisse logo e descesse.

Minha mãe me aguardava na entrada da sala. Estava pálida como uma morta, tinha os olhos vermelhos de tanto chorar e torcia as mãos convulsivamente. Ciente de que era a causa de sua angústia, ajoelhei-me a seus pés e lhe pedi perdão.

– Oh, David, é claro que o perdoo, meu filho – ela murmurou com a voz trêmula. – Mas estou muito magoada com você – ressalvou entre soluços. – Lembre-se disso e procure se comportar melhor daqui para a frente.

Haviam-na convencido de que eu era um mau-caráter, e a pobrezinha estava sofrendo mais com isso do que com minha partida.

Fiquei arrasado. A um comando do sr. Murdstone, sentei-me para comer alguma coisa, porém minhas lágrimas conferiam um sabor insuportavelmente amargo a tudo que eu punha na boca, e mal consegui engolir um copo de leite.

Então a charrete que me levaria a Yarmouth, onde eu deveria tomar a diligência para Londres, parou diante de nosso portão e o cocheiro se apeou para pegar minha bagagem. Minha mãe repetiu suas recomendações para eu me corrigir, e a srta. Jane expressou sua esperança de que eu me arrependesse antes que fosse tarde demais.

Pegotty só apareceu para se despedir de mim uns quinhentos metros adiante, quando, para meu espanto, saiu de trás de uma sebe, fez sinal para o cocheiro frear seu pangaré preguiçoso e subiu na charrete. Depois de me entregar uma caixa de doces e um punhado de moedas, abraçou-me com tanta força que quase me amassou o nariz e desceu. Um botão de seu vestido ficou em minha mão, e o guardei durante muito tempo como um tesouro.

4

O colégio interno

Por volta das oito da manhã, a diligência que deixara Yarmouth às três da tarde parou diante de uma estalagem londrina chamada Touro Azul ou Javali Azul (não me lembro direito, mas sei que era um bicho azul). Não havia ninguém a minha espera, e o porteiro sugeriu que eu me sentasse na escada da recepção e aguardasse.

Eu estava mais morto que vivo; tinha viajado umas dezessete horas praticamente espremido entre dois homens enormes, que lá pela meia-noite caíram no sono e a todo instante escorregavam para cima de mim, obrigando-me a acordá-los com cotoveladas e gritos para que não me esmagassem com seu peso. Certamente teria dormido naquela escada, se um jovem magro e pálido não entrasse minutos depois na estalagem. Ele trocou algumas palavras com o porteiro e aproximou-se de mim.

– David Copperfield, sou o professor Mell, de Salem House – apresentou-se, com um sorriso gentil. – Vim buscá-lo.

Em sua companhia, sacolejei por mais uns dez quilômetros até chegar a um austero edifício retangular de três andares, cercado por um muro alto e identificado por uma reluzente placa de bronze, com a inscrição SALEM HOUSE em letras garrafais. O professor Mell tocou a campainha, e um homem carrancudo, de perna de pau, abriu o pesado portão de ferro maciço, mais condizente com uma penitenciária do que com um colégio.

– Onde estão os outros alunos? – perguntei, ao constatar que todas as janelas estavam fechadas e um silêncio sepulcral reinava no pátio deserto.

– Você não sabe que as escolas estão de férias? – retrucou o professor Mell, pasmo com minha ignorância.

– Mas... se estão de férias... o que é que eu vim fazer aqui? – balbuciei.

– Pelo que me disseram, seu padrasto o mandou para cá nesta época a fim de puni-lo com maior rigor – ele respondeu. – Mas há males que vêm para o bem – filosofou. – Você me parece meio tímido, e acho que vai se ambientar melhor sem a presença de seus colegas. Além disso, vai poder colocar seus estudos em dia. Eu soube que você está meio atrasado em relação aos outros meninos de sua idade.

Ouvindo-o discorrer sobre as possíveis vantagens de meu confinamento num colégio deserto, distraí-me de tal forma que, quando me dei conta, estava em minha sala de aula. Nunca vi na vida um lugar tão desolado. Papéis rasgados se espalhavam pelo chão imundo. Dois ratinhos brancos, abandonados pelo dono num caixote francamente fétido, corriam de um lado para o outro, procurando algo para comer. Enclausurado numa gaiola pequena demais, um passarinho saltava para cima e para baixo, sem parar, e piava tristemente, em vez de cantar. Havia no ar um cheiro estranho, como de veludo mofado e maçã podre.

Caminhei entre as filas de carteiras e bancos, observando tudo isso, e no fundo da sala me deparei com um cartaz onde li: "Cuidado. Ele morde". Recuei instintivamente, com medo de ser atacado por um cachorro bravo, mas o professor Mell me informou que o cartaz se referia a mim e que ele fora encarregado de prendê-lo em minhas costas.

– Sinto muito, Copperfield – desculpou-se, muito sério. – Tenho de fazer isso.

A partir de então, eu ia a toda parte com o cartaz nas costas, suportando um sofrimento indescritível. Meu único alívio, por incrível que pareça, eram as lições que o professor Mell me passava e que, longe dos Murdstone, eu fazia sem maiores problemas.

Havia mais ou menos um mês que eu estava na escola quando meus colegas começaram a voltar das férias. A maioria chegou tão desanimada que nem me deu atenção. Alguns, porém, não resistiram à tentação de caçoar de mim, e durante alguns dias me trataram como se eu fosse um cachorro, chamando-me de Rex e suplicando-me comicamente para que não os mordesse. Chorei um bocado, mas reconheço que tais brincadeiras de mau gosto não representaram nem um décimo dos horrores que eu imaginara.

O último aluno a chegar das férias foi um rapaz muito bonito, de cabelo encaracolado, maneiras afáveis e displicente elegância. Chamava-se James Steerforth e devia ter uns dezesseis anos. Os colegas evidentemente o admiravam e respeitavam, pois me conduziram a sua presença como se ele fosse um magistrado. Steerforth me interrogou sobre os detalhes de minha punição e qualificou-a como "uma honrosa vergonha", com o que me conquistou para sempre. Depois me informou que estávamos no mesmo dormitório, prometeu me proteger e se ofereceu para administrar meu dinheiro, explicando que tinha liberdade para sair sempre que queria e, assim, podia comprar para mim as guloseimas que me apetecessem.

As aulas começaram no dia seguinte. O professor Creakle, proprietário e diretor de Salem House, reuniu todo mundo no pátio do recreio e, com um vozeirão que me fez estremecer da cabeça aos pés, proclamou que exigia de nós cadernos na mais perfeita ordem, lições na ponta da língua e um comportamento impecável, "digno de um monge", pois não hesitaria em punir os faltosos sem contemplação. Bater nos alunos lhe proporcionava um prazer imenso, como não demorei a descobrir, e foi em nome desse prazer que ele acabou me concedendo um benefício: mandou retirar meu cartaz porque o atrapalhava quando queria me dar um safanão.

A maior vítima de sua severidade era Thomas Traddles, o menino mais infeliz do mundo. O coitado apanhava de vara todo dia, por qualquer motivo e até sem motivo nenhum, e se consolava desenhando esqueletos. A princípio eu o via como uma espécie de eremita, que usava esses símbolos de mortalidade para lembrar que as vergastadas não durariam para sempre. Mas depois cheguei à conclusão de que ele desenhava esqueletos porque era fácil. Eu o admirava por sua resignação e sobretudo por sua extraordinária lealdade, que lhe custou várias provações. Uma ocasião Steerforth riu alto na igreja, e Traddles, que estava sentado a seu lado, levou a culpa; ficou tanto tempo preso num cubículo do terceiro andar que saiu de lá com um cemitério inteiro de esqueletos espalhados em seu dicionário de latim.

O resto do semestre resume-se, em minha memória, a uma sucessão de manhãs frias e noites geladas, de carne assada no almoço e carne cozida no jantar, de aulas infindáveis numa sala mal aquecida e mal iluminada, de livros com orelhas e cadernos com borrões, de vergastadas e palmatória, de dias sempre iguais.

E então chegaram as férias. Todos os meus colegas partiram para casa, mas eu permaneci confinado no colégio. E dessa vez foi pior que antes, pois não contei nem com o tristonho professor Mell para me fazer companhia e me passar lições.

5

Um aniversário inesquecível

Nada que merecesse registro aconteceu entre as férias de fim de ano e meu aniversário, em março. Com a esperança de receber a visita de minha mãe ou, no mínimo, um belo presente enviado por ela, nesse dia acordei mais cedo que de costume e desci para o refeitório. Enquanto tomava o café da manhã, olhava para a porta a todo instante, cheio de expectativa. Finalmente o professor Mell entrou, aproximou-se de minha mesa a passo lento e me falou para ir até a sala de visitas. Havia em seu olhar uma expressão de piedade e em sua voz um carinho incomum, porém só mais tarde me dei conta disso. No momento, eu estava louco para abraçar minha mãe e corri para a porta.

– Devagar, filho – o professor Mell recomendou. – Não precisa ter pressa.

Não lhe dei atenção. Continuei correndo, mas, ao entrar na sala, não encontrei minha mãe nem vi presente nenhum. Vi o professor Creakle de pé junto à janela e sua esposa sentada no sofá, com uma carta na mão. Será que, em lugar de beijos e mimos, iria receber uma dupla descompostura? O que eu teria feito para até a sra. Creakle me repreender? No entanto, ao invés de ralhar comigo, ela me convidou gentilmente a sentar-me a seu lado e, fitando-me com os olhos marejados de lágrimas, anunciou:

– David Copperfield, tenho uma coisa para lhe dizer. Sua mãe...

Senti um nó na garganta, um aperto no coração, um tremor no corpo inteiro. Com a respiração suspensa, aguardei a conclusão da frase, mas a sra. Creakle se pôs a chorar tanto que não conseguiu falar nada.

– O que aconteceu com minha mãe? – balbuciei num fio de voz.

– Sua mãe morreu – o professor Creakle murmurou. – Você deve partir na diligência noturna – acrescentou e, antes de deixar a sala, passou a mão em meu cabelo, num gesto que certamente pretendia me transmitir algum conforto.

Mas eu ainda não estava sofrendo. O choque foi tão grande que me anestesiou, como uma pancada violenta na cabeça. Não sei quanto tempo demorei para recuperar a consciência, por assim dizer, e então desatei a chorar. Lá pelo fim da tarde, acho que já tinha derramado todas as minhas lágrimas e me pus a pensar. Contudo, ao invés de me concentrar na calamidade que acabava de se abater sobre mim, divaguei sobre coisas relacionadas com ela. Imaginei minha casa fechada e silenciosa. Imaginei-me de luto, recebendo as condolências dos vizinhos. Imaginei minha mãe repousando ao lado de meu pai para sempre. E em nenhum momento pronunciei para mim mesmo a palavra "morte".

A sra. Creakle passou o dia inteiro comigo e me tratou com um carinho que nunca hei de esquecer. Quando fomos arrumar minha mala, percebi que os outros meninos olhavam para mim com respeito e, embora sofrendo muito, eu me senti importante como nunca. Minha lamentável superioridade em relação aos demais encheu-me de orgulho e me proporcionou uma satisfação absurda, que até hoje me custa entender.

Ao despedir-me de Traddles, ganhei uma folha de papel cheia de esqueletos. Era tudo que ele tinha para me dar, e durante toda a viagem segurei esse papel na mão, sentindo o calor de seu afeto.

Cheguei a Yarmouth por volta do meio-dia e me surpreendi ao constatar que quem estava a minha espera não era o cocheiro da velha charrete com seu pangaré preguiçoso, e sim o sr. Omer, um comerciante de tecidos que exercia também as profissões de alfaiate e agente funerário. Ele me levou para sua loja, situada numa rua estreita e, em meio a um ruído incessante de marteladas, tomou minhas medidas e anotou-as num caderno. Depois me providenciou um lanche, no qual nem toquei, apesar de estar com o estômago vazio desde a véspera, e foi cuidar de seu trabalho.

Sentado num canto, solitário e choroso, percebi vagamente que o sr. Omer se ocupava em costurar meu traje de luto, suas filhas teciam uma coroa de flores e seus empregados fabricavam o caixão de minha mãe. Notei também que conversavam sobre trivialidades e riam muito, como se seus afazeres não tivessem nada a ver com a morte.

Horas depois, colocaram-me numa carroça, junto com o caixão, a coroa e a roupa, e rumaram para Blunderstone, sempre rindo e tagarelando, como se fossem a um piquenique no campo. Ver aquela gente se divertir tanto num momento tão doloroso para mim causou-me uma sensação estranha, que nunca experimentei na vida. Deve ter sido por isso que saltei da carroça assim que paramos diante de minha casa e corri para dentro.

A srta. Jane me recebeu. Estendeu-me sua mão seca e, chamando-me de "meu filho", perguntou se eu tinha feito boa viagem. Foi todo o calor humano que sua frieza lhe permitiu conceder.

O velório teve lugar na sala grande. O fogo ardia na lareira, o vinho coloria as jarras de cristal, os copos aguardavam nas bandejas e um cheiro doce de bolo se espalhava pela casa. Nossos vizinhos compareceram, ostensivamente desolados, mas comeram e beberam com prazer.

Então o sino da igreja dobrou, e os carregadores levaram o caixão para o jardim, para o portão, para o cemitério onde tantas vezes eu ouvira os passarinhos cantando nas manhãs de verão. Postamo-nos ao redor da cova. O dia estava diferente de todos os outros dias, e a luz tinha uma cor mais triste. Fez-se um silêncio solene. O sacerdote pronunciou um breve sermão. Escutei soluços. Reconheci muitos rostos entre a pequena multidão: rostos de gente que viu minha mãe pela primeira vez quando ela chegou ao vilarejo na flor de sua juventude, rostos de vizinhos que frequentavam a mesma igreja, rostos de comerciantes que abasteciam nossa casa. A tristeza estampada neles devia ser sincera, porém não me serviu de consolo. Eu me sentia completamente sozinho em minha dor.

6

Aprendiz de escravo

A primeira providência que a srta. Jane tomou, depois do enterro, foi comunicar a Pegotty que lhe concedia um mês de aviso prévio. Decerto pensava, como eu, que, por mais que detestasse trabalhar para pessoas tão desagradáveis, Pegotty teria mantido esse emprego por minha causa.

Quanto a mim ou a meu futuro, ninguém disse uma palavra. Acho que ficariam felizes se também pudessem me dar um mês de aviso prévio. Reunindo toda a minha coragem, um dia perguntei à srta. Jane quando eu voltaria para a escola, e ela respondeu que provavelmente nunca. E não se tocou mais no assunto.

Bem que Pegotty tentou de todas as formas arrumar trabalho em Blunderstone, mas não conseguiu e, expirado seu mês de aviso prévio, teve de partir para Yarmouth. Prometeu-me, porém, que viria me visitar todas as semanas e com essa promessa me tirou um grande peso do coração e me ajudou a enfrentar a solidão em que vivi depois que ela foi embora. Cheguei a ter saudade de Salem House, onde, apesar dos castigos absurdos do professor Creakle, era muito mais feliz do que agora. Lá eu tinha amigos, aprendia alguma coisa, desenvolvia minha inteligência, convivia com meninos de minha idade. Aqui eu fazia parte dos móveis e utensílios e não recebia a mínima atenção. Ficava ocioso o dia inteiro, não estudava nada, não praticava nenhuma atividade física, não conversava com ninguém. Às vezes me perguntava o que aconteceria se caísse doente. Será que me deixariam morrer sem tratamento?

Essa situação se arrastou durante meses, e eu já estava imaginando que haveria de passar o resto da vida em silêncio, solitário como um eremita, quando uma noite, depois do jantar, o sr. Murdstone me dirigiu a palavra pela primeira vez desde minha volta ao lar.

– Você já tem algum estudo, e, como não sou rico, não pretendo mais gastar dinheiro com sua instrução – ele começou. – Acho que o que você precisa agora é trabalhar e cuidar de sua vida. Por isso lhe arranjei um emprego em Londres e um lugar para morar. Você vai ganhar o suficiente para sua alimentação e suas despesas miúdas, e eu pagarei seu alojamento por algum tempo. Agora vá arrumar suas coisas – ordenou secamente. – Você viaja amanhã à tarde.

Eu tinha dez anos de idade e acabava de me tornar funcionário da Murdstone e Grinby, uma importadora de vinho instalada à margem do Tâmisa, num prédio cinzento, infestado de ratos.

No mesmo dia em que cheguei de viagem, puseram-me para trabalhar num canto onde o sr. Quinion, o gerente, podia nos vigiar. Éramos cinco meninos, todos encarregados de lavar centenas de garrafas, do nascer ao pôr do sol. Ao me ver na companhia daqueles moleques sujos e esfarrapados, grosseiros e ignorantes, tão diferentes de meus antigos colegas de escola, minhas esperanças de me tornar um homem de bem, fino e elegante como Steerforth, honesto e leal como Traddles, se foram por água abaixo.

Fazia umas duas horas que eu estava debruçado sobre as garrafas, minhas lágrimas misturando-se com a espuma do sabão, quando o sr. Quinion me chamou a seu escritório para me apresentar o sr. Micawber. Tratava-se de um sujeito graducho e careca, que aparentava uns quarenta e poucos anos e usava uma roupa para lá de surrada, porém exibia uma vistosa gravata de seda vermelha e um monóculo, pendurado no bolso do casaco – como enfeite, conforme descobri mais tarde, pois raramente o utilizava e não enxergava nada com ele.

– Recebi uma carta do sr. Murdstone, meu velho conhecido, pedindo-me que hospedasse você em minha casa – o sr. Micawber me explicou. – Não há inconveniente nisso, pois tenho atualmente um quarto vago, nos fundos. Você pode se instalar hoje mesmo, se quiser. Prontifico-me a vir buscá-lo às oito da noite, mas, como não disponho de condução própria, recomendo-lhe que envie sua bagagem para este local – acrescentou, entregando-me um pedaço de papel onde rabiscara seu endereço.

Assim que ele se retirou, retomei o trabalho e perguntei aos outros meninos se podiam me indicar um carroceiro para levar meus pertences até meu novo lar. Um deles, que atendia pelo apelido de Batata, quis saber quantas peças compunham minha bagagem e, quando lhe mostrei o baú que havia deixado no escritório do sr. Quinion, ofereceu-se para carregá-lo após o expediente, mediante pagamento.

Às oito da noite o sr. Micawber reapareceu, conforme prometera, e pelo caminho foi dizendo o nome das ruas e assinalando uma ou outra coisa que poderia me orientar quando voltasse ao trabalho, na manhã seguinte. Havíamos percorrido bem uns quinze quarteirões e dobrado uma quantidade de esquinas quando por fim paramos diante de uma casa velha, caindo aos pedaços. Todas as janelas estavam fechadas, e na porta da frente havia uma placa: "Pensionato para moças". (Até hoje não sei para que servia essa placa, pois durante o tempo que morei lá não vi moça nenhuma; vi, sim, magotes de credores, que surgiam a qualquer hora e, ao ser despachados de mãos vazias, quase sempre vociferavam ameaças terríveis.)

O sr. Micawber me conduziu a uma sala precariamente iluminada por uma única vela. Uma mulher madura e magrinha, que ele me apresentou como sua esposa, estava sentada numa poltrona cambeta, com um par de gêmeos no colo. Um menino e uma menina, que deviam ter, respectivamente, quatro e três anos, brincavam no chão com umas caixas vazias.

– Nunca pensei que chegaria ao ponto de precisar ter um pensionista – a sra. Micawber suspirou, ao levantar-se, com bebês e tudo, para me mostrar o quarto. – Mas o sr. Micawber está enfrentando sérias dificuldades financeiras, e é meu dever ajudá-lo.

Morar com esse casal tão atrapalhado e paupérrimo quanto cordial e amoroso foi uma verdadeira bênção para mim. Em pouco tempo estabeleceu-se entre nós uma sólida amizade, apesar da enorme diferença de idade. Esses laços se estreitaram ainda mais quando a sra. Micawber me confidenciou que tudo que tinha na despensa era um naco de queijo. Prontamente enfiei a mão no bolso e lhe ofereci umas moedas que haviam sobrado de meu salário semanal, porém ela as recusou com sua habitual delicadeza e me pediu que lhe prestasse outro serviço, pelo qual me agradeceria muito.

– Já penhorei praticamente tudo que tínhamos de valioso: joias, chapéus, prataria... – contou. – Nunca pude resgatar nada... – suspirou. – Agora só nos resta a biblioteca do sr. Micawber, mas, com os gêmeos, ficou difícil sair. O sr. Micawber não quer nem ouvir falar em se desfazer de seus livros, mas infelizmente não há outra saída...

Eu me coloquei a sua inteira disposição e, a partir desse dia, várias vezes procurei os sebos da vizinhança com um livro embaixo do braço. A cada volume que se ia, entravam em casa uns trocados que asseguravam a alimentação imediata da família, porém não bastavam para apaziguar os credores.

A situação se agravou a tal ponto que fomos despejados. Os credores requereram a prisão do sr. Micawber, e a esposa dele refugiou-se com os filhos na casa de uns conhecidos tão pobres quanto ela. Fiquei sozinho novamente, sem meus únicos amigos, sem o calor daquela família que, com seu carinho e sua atenção, me dava forças para suportar meu trabalho estafante e minha falta absoluta de perspectiva.

A vida que eu levava se tornou insustentável, e resolvi fugir. Pelo que sabia, só havia uma pessoa no mundo que poderia me ajudar: a srta. Betsey Trotwood, tia de meu pai. Eu não a conhecia, pois, segundo minha mãe me dissera, ela reprovara terminantemente o casamento de seu sobrinho predileto com o que chamava de "boneca de cera" e se recusara a frequentar nossa casa.

Decidido a procurá-la, escrevi para Peggotty e lhe perguntei, como quem não quer nada, se sabia onde tia Betsey morava e se poderia me emprestar um dinheiro. A resposta chegou logo, com o dinheiro e o endereço da srta. Trotwood, que residia em Dover.

Cumpri minha semana de trabalho, pela qual já havia sido pago, e no sábado, encerrado o expediente, contratei uma pessoa para me levar até a parada da diligência, porém essa pessoa me assaltou e fugiu com meu baú.

7

Em busca de um lar

Sem dinheiro e sem bagagem, caminhei até não aguentar mais e me sentei no degrau de uma porta. A noite havia caído, mas felizmente era verão e o tempo estava bom. Assim que recuperei o fôlego e me livrei de uma sensação de aperto na garganta, levantei-me e prossegui, pois, apesar de toda a minha aflição, não me passava pela cabeça a ideia de voltar atrás.

Meu estômago roncava de fome, e, ao avistar um brechó, decidi vender meu colete. O dono da loja me pagou a metade do que o colete valia, porém não me surpreendi: minhas experiências com os Micawber já me haviam mostrado que negócios feitos em desespero de causa sempre redundam em prejuízo para quem vende e em lucro para quem compra. De qualquer modo, obtive dinheiro suficiente para matar a fome, e ainda me sobrou um pão.

Faltava solucionar o problema do pernoite. Lembrei-me de que atrás do muro de Salem House sempre havia um monte de feno e imaginei que, estando tão perto do dormitório onde costumava contar histórias para meu amigo Steerforth, não me sentiria tão sozinho e desprotegido. Como me enganei! A sensação de desamparo e solidão que experimentei em minha primeira noite ao relento acompanhou-me por muitos anos e nunca desapareceu de minha memória.

Acho que já era madrugada quando por fim peguei no sono. Acordei com a campainha da escola tocando para despertar os alunos, os sinos da igreja bimbalhando para chamar os fiéis, e segui viagem. Nesse domingo percorri mais de trinta quilômetros e, à noite, dormi nas proximidades de um quartel. Ao amanhecer, retomei a caminhada e, tendo devorado a última migalha do pão que me restava, vendi meu paletó para comprar mais comida.

Quatro dias depois cheguei a Dover. Estava com os sapatos em petição de miséria, a calça rasgada, a camisa imunda, o chapéu amassado. Não penteava o cabelo desde que partira de Londres, e a longa exposição ao sol me deixara vermelho como um pimentão. Eu tinha plena consciência de que parecia um espantalho, e no entanto era em tais condições que pretendia me apresentar a minha tia.

Como não conhecia a cidade, tive de pedir orientação a uns e outros, mas ninguém me ajudou. Assustadas ou enojadas com meu aspecto deplorável, algumas pessoas fugiram de mim e outras me enxotaram como a um cão sarnento. Arrastei-me a esmo por vários quarteirões até me deparar com uma alma boa que, além de me ensinar o caminho, ainda me deu uns trocados.

Em questão de minutos cheguei ao endereço que tanto procurara e estava para tocar a campainha, quando uma senhora abriu a porta da frente e saiu para o jardim, munida de todas as ferramentas necessárias para cuidar de suas belas plantas. Imediatamente a reconheci, graças à descrição que minha mãe fizera: uma mulher alta e magra, de feições duras, cabelo grisalho e porte majestoso.

– Chispe daqui, moleque! – ela gritou ao me ver e, certa de que eu havia obedecido, dirigiu-se a um canteiro e se agachou para dar início a sua tarefa.

Sem um pingo de coragem, mas com muito desespero, entrei pé ante pé e me postei a seu lado.

– Por favor, senhora – comecei.

Ela ergueu os olhos e me fitou em silêncio, surpresa com minha audácia.

– Por favor, tia – murmurei.

– Como é? – ela perguntou, absolutamente perplexa.

– Por favor, tia, sou David Copperfield – falei e, com o coração na boca, despejei atabalhoadamente uma enfiada de informações desconexas. – Minha mãe morreu. Meu padrasto me pôs para trabalhar. Meu senhorio foi preso. Não tenho onde morar. Fui roubado. Vim para cá a pé. E... – desatei a chorar.

Minha tia se levantou sem dizer uma palavra e me levou para uma sala impecável, cheirando a mar e a flores. Sua primeira providência foi tirar vários frascos de um armário estreito e despejar um pouco do conteúdo de cada um em minha boca. Acho que com isso pretendia me revigorar, mas em seu nervosismo pegou os frascos ao acaso, sem ler os rótulos, e, assim, me fez beber água de rosas, licor de anis e uma série de outros líquidos que não consegui identificar.

Depois tratou de me dar um banho, com a ajuda de Janet, a empregada. As duas passaram bem uma hora ensaboando-me da cabeça aos pés e esfregando-me com uma escova dura, como se eu fosse um cavalo imundo. Quando finalmente se deram por satisfeitas, enxugaram-me numa toalha macia, polvilharam-me de talco, vestiram-me numa camisola enorme, que me deixou com a aparência de um fantasma, e me embrulharam num xale de crochê. Então me serviram uma refeição quase tão saborosa quanto as que Pegotty preparava.

Ao terminar de comer, consegui contar minha história de maneira inteligível e fui literalmente escoltado escada acima, como um prisioneiro, com tia Betsey na frente e Janet na retaguarda. Elas me instalaram num quarto espaçoso e confortável e, ao sair, trancaram a porta por fora. Deviam pensar que eu era um fujão inato.

Feliz por poder me deitar novamente sob um teto, numa cama decente, agradeci a Deus e, exausto que estava, adormeci. Quando acordei, de manhã, desci, ainda embrulhado em minha estranha indumentária, e encontrei minha tia à cabeceira da mesa, profundamente pensativa. Tive certeza de que eu era o objeto de suas reflexões, porém não me atrevi a dizer nada e sentei-me para tomar o café.

– Escrevi para seu padrasto, contando-lhe que você está aqui – ela me comunicou, após um longo silêncio.

– Será que... ele vem me buscar? – perguntei, assustado.

– Não sei. Temos de esperar.

Baixei a cabeça, desolado. Não havia realmente outra alternativa senão esperar. E rezar para não voltar a viver sob a custódia de meu padrasto e de sua irmã insuportável.

Em minha ansiedade, a semana que se iniciou à sombra dessa ameaça transcorreu com a lentidão de um mês inteiro. Eu já tinha roído todas as minhas unhas até o toco, quando o sr. Murdstone finalmente apareceu.

– Ao receber sua carta, achei mais adequado vir conversar com a senhora, apesar dos inconvenientes da viagem – ele explicou. – Esse menino já causou muito problema. É um espírito rebelde, um temperamento agressivo, uma criatura intratável. De nada adiantaram nossos esforços para corrigir seus defeitos... – suspirou. – Mas, em consideração à memória de minha querida esposa, que ele tanto magoou, estou disposto a fazer uma última tentativa para criar esse infeliz como acho que deve ser criado. No entanto, se a senhora prefere se encarregar de sua educação, para mim é indiferente. Só quero deixar claro que, nesse caso, lavarei minhas mãos. A senhora arcará com toda a responsabilidade e, naturalmente, com todos os gastos. O que me diz?

Ao invés de responder, tia Betsey me remeteu sua pergunta:

– O que me diz, David? Quer ir embora com seu padrasto?

– Não, senhora – murmurei. – Ele não gosta de mim. A srta. Jane me detesta. Por favor, não me mande embora... – implorei.

Minha tia me fitou por alguns instantes, com uma expressão compassiva, e voltou-se para o sr. Murdstone.

– Vou me arriscar – declarou, decidida. – Se o menino for tudo que o senhor diz... o que não acredito... ao menos poderei fazer por ele tanto quanto o senhor e sua irmã fizeram. Boa viagem.

8

Nome novo, vida nova

Assim que meu padrasto se retirou, tia Betsey saiu para comprar um enxoval completo para mim e à noite, depois de tirar a mesa do jantar, como sempre fazia, passou horas desenhando de várias formas as iniciais TC. Como eu a observasse, sem entender do que se tratava, explicou-me que estava criando um monograma para identificar meus pertences.

– Por que TC? – perguntei-lhe timidamente.

– Porque daqui para a frente vou chamá-lo de Trotwood, e não de David – ela respondeu. – Você não acha que um nome novo é uma boa maneira de começar uma vida nova, Trotwood Copperfield?

Ciente de que não poderia dizer nada capaz de expressar minha imensa gratidão, limitei-me a beijar a mão daquela mulher austera, até meio ríspida, que, talvez por falta de jeito, sabia manifestar seu amor menos com beijos e abraços do que com medidas práticas, como relacionar todos os itens de meu enxoval, sem esquecer nem mesmo um pente, gastar uma pequena fortuna para adquiri-los e conceber um monograma para marcar pessoalmente cada uma das peças.

Uns dez dias depois, as iniciais TC estavam bordadas em todas as minhas roupas e gravadas em todos os meus objetos.

– Amanhã cedo vamos a Canterbury matricular você na escola – titia anunciou. – E agora vamos arrumar sua mala.

Na manhã seguinte, totalmente indiferente aos comentários jocosos e até grosseiros de um ou outro transeunte inconformado com uma mulher na boleia, ela não se inibiu nem um pouco de conduzir a charrete Dover afora, com a maestria de um cocheiro profissional. Enquanto percorreu as ruas da cidade, manteve-se em silêncio, concentrando-se em controlar o cavalo com mão de ferro, porém, ao ganhar a estrada, relaxou bastante e até afrouxou as rédeas.

– Como é a escola? – perguntei-lhe então.

– Não faço a menor ideia – ela respondeu, encolhendo os ombros. – Primeiro vamos falar com o sr. Wickfield, meu advogado.

Não entendi o que o sr. Wickfield, seu advogado, tinha a ver com a escola onde eu ia estudar, mas, quando abri a boca para averiguar, ela se pôs a discorrer sobre Canterbury com tamanho entusiasmo que me levou a desconfiar de que preferiria mil vezes ter nascido e se criado lá, e não em Dover. Entre outras coisas, explicou-me que a cidade foi o berço do cristianismo na Inglaterra e abrigava uma das catedrais mais maravilhosas da Europa, cuja construção se estendeu por mais de quatro séculos.

Eu ainda estava tentando registrar na memória a enxurrada de informações que ela despejou sobre mim, quando paramos diante de um casarão antigo e imponente, que sugeria o solar de um fidalgo. Um rosto cadavérico apareceu numa janela do andar térreo e sumiu rapidamente, para logo ressurgir na porta de entrada. Pertencia a um rapaz ruivo, que devia ter uns quinze anos, mas aparentava cinquenta, com sua expressão muito séria, sua roupa toda preta, abotoada até o pescoço, sua extraordinária magreza, seus ombros caídos e seus olhos mortiços, de um castanho avermelhado, desprovidos de cílios e encimados por umas sobrancelhas tão ralas que pareciam inexistentes.

– Seu patrão está, Uriah Heep? – minha tia perguntou--lhe, assim que ele se aproximou do portão.

– Sim, senhora – o rapaz respondeu, estendendo-lhe uma mão esquelética, comprida e bamba, que me impressionou profundamente.

Descemos da charrete, atravessamos o jardim, subimos três ou quatro degraus de um mármore imaculadamente branco, cruzamos um pequeno vestíbulo e nos detivemos numa sala comprida. Dois retratos de corpo inteiro, pendurados lado a lado sobre a lareira, chamaram-me a atenção; eram de um bonito cavalheiro grisalho, impecavelmente trajado, e de uma dama belíssima, com um rosto sereno e doce.

Eu estava prestes a perguntar para tia Betsey quem eram essas figuras, quando o homem do retrato entrou na sala como se saísse do quadro, com a diferença de que agora tinha o cabelo mais branco e as faces muito coradas.

– Srta. Trotwood! – ele exclamou, sorridente. – Que bons ventos a trazem?

– Vim lhe pedir um favor, sr. Wickfield – titia respondeu. – Não como advogado – ressalvou –, e sim como um amigo douto e sensato, que tem uma filha para educar. Este menino é meu sobrinho-neto. Acabo de adotá-lo e preciso que o senhor me indique uma escola onde ele receba uma instrução sólida e aprenda a ser útil na vida.

– A senhora sabe que minha filha estuda comigo, aqui em casa, mas conheço uma escola que certamente vai lhe agradar – o sr. Wickfield falou. – É pequena e administrada por um excelente pedagogo, o dr. Strong, que implantou um sistema de ensino exemplar. A maneira como ele trata os alunos, quase que de igual para igual, estimula o aprendizado e o cultivo de qualidades essenciais a todo cidadão decente. Além disso, as instalações são perfeitas, muito limpas, bem iluminadas, bem arejadas...

– Não precisa dizer mais nada! – minha tia o interrompeu, empolgadíssima. – Quero conhecer esse paraíso agora mesmo!

– Pois então vamos – o sr. Wickfield a convidou, oferecendo-lhe o braço.

Fiz menção de acompanhá-los, porém tia Betsey me ordenou que os esperasse ali, "sem tocar em nada". E como esperei! De acordo com o relógio, sua ausência teve a duração de exatos cinquenta e seis minutos, mas, de acordo com minha ansiedade, estendeu-se por horas a fio.

— As vantagens são inegáveis — tia Betsey me informou, ao voltar —, mas infelizmente a escola do dr. Strong não dispõe de acomodações para internos, e eu não gostei de nenhum dos pensionatos disponíveis que nosso amigo me mostrou.

— Deixe o menino aqui — o sr. Wickfield propôs. — Esta casa tem espaço de sobra e, silenciosa como um mosteiro, é ideal para o estudo.

— É uma proposta tentadora... — titia ponderou. — Mas, para aceitá-la, preciso que o senhor me prometa que vai me avisar se a presença de Trotwood lhe causar o menor incômodo.

Promessa feita, o sr. Wickfield nos conduziu a uma sala do primeiro andar, decorada com velhos móveis de carvalho, e bateu numa porta que parecia secreta, pois tinha o mesmo revestimento das paredes. Uma menina mais ou menos de minha idade, com um rosto sereno e doce como o da dama do retrato, surgiu de imediato e o beijou carinhosamente. Era Agnes, sua filha, que, depois de tomar conhecimento de minha situação, levou-nos para ver o quarto onde eu ficaria, no último andar do casarão.

Quem poderia prever que, muitos anos mais tarde, esse feliz arranjo teria consequências profundas sobre minha vida a ponto de mudá-la radicalmente?

9

Um grande reencontro

A escola do dr. Strong era realmente o paraíso que minha tia imaginara. Ao contrário do professor Creakle, o excelente pedagogo indicado pelo sr. Wickfield acreditava que todo aluno era inocente até prova em contrário e nunca recorria ao castigo corporal. Procurava incentivar os faltosos com exercícios interessantes e às vezes punia uns e outros privando-os por um dia de seus jogos prediletos ou fazendo-os elaborar longas redações sobre temas como a importância do conhecimento ou o valor da honestidade. Sempre que resolvia modificar alguma coisa, fosse nas instalações, fosse no currículo, expunha-nos sua ideia e perguntava nossa opinião.

Creio que ele estava operando uma revolução no ensino, e adorei estudar em sua escola. A princípio tive de me esforçar muito para alcançar o nível dos outros alunos, mas, graças a minha determinação, à orientação competente de meus professores e à ajuda de meus novos amigos, logo preenchi as lacunas de minha instrução e até me distingui naquele pequeno mundo.

Quanto à casa do sr. Wickfield, era um ninho de paz, que me proporcionava uma felicidade parecida com a que eu sentia em Blunderstone, antes de minha mãe se casar de novo. Agnes se tornou uma verdadeira irmã para mim. Depois das aulas, estudávamos juntos na saleta do primeiro andar, conversávamos muito, fazíamos confidências um ao outro, passeávamos pelo campo. Tanto o dr. Strong quanto o sr. Wickfield davam grande importância às atividades físicas e nos recomendavam ao menos uma boa caminhada diária.

Nos últimos anos, contudo, uma nuvem negra se instalara sobre o casarão tão aconchegante e tranquilo. Quando cheguei a Canterbury, o sr. Wickfield tomava diariamente um ou dois cálices de vinho do Porto após o jantar; saboreava a bebida com prazer e sem pressa, ao longo de duas ou três horas, conversando conosco ou escutando as belas peças que a filha executava ao piano. Com o tempo, no entanto, ele foi aumentando seu consumo diário, abreviando o intervalo entre um cálice e outro e muitas vezes, por mais que Agnes o vigiasse, começava a beber antes do almoço.

Só isso já constituía motivo de angústia para minha querida amiga e de preocupação para mim, porém uma circunstância alarmante agravava em muito a situação. Uriah Heep parecia reservar as decisões mais urgentes e os documentos mais importantes para submetê-los a seu patrão justamente quando ele estava meio alcoolizado. A meu ver, o sr. Wickfield tinha consciência de que não podia trabalhar direito em tais condições e se envergonhava de sua embriaguez e, no outro dia, se punha a beber ainda mais cedo para esquecer o fracasso da véspera, aprisionando-se num círculo vicioso.

Assim, quando concluí meus estudos e chegou a hora de me despedir de Canterbury, fiquei triste por deixar meus amigos numa situação tão aflitiva. Ao mesmo tempo, contudo, fiquei feliz por ter recebido uma instrução invejável, que, acredito, a antiquada e repressiva Salem House nunca teria me proporcionado. Aos conhecimentos formais que adquiri sob a orientação do dr. Strong somavam-se um fortalecimento dos valores morais que minha mãe me incutira desde cedo e uma facilidade maior para conviver com meus semelhantes. Eu reunia, portanto, todos os requisitos para cursar uma boa faculdade e me tornar um bom profissional. O único problema era que não sabia o que queria ser na vida.

Felizmente minha tia compreendeu minha hesitação e, em vez de me pressionar, aconselhou-me a viajar para descansar a cabeça e clarear as ideias. Sugeriu que eu fosse a Yarmouth visitar Pegotty e, na volta, passasse uma temporada em Londres, para "ver um pouco o mundo" e refletir sobre o rumo que haveria de tomar.

Dias depois, com os bolsos cheios de dinheiro e as malas repletas de belos trajes, tomei a diligência com destino a Yarmouth e escala em Londres. Era a primeira vez que ia para a capital desde que de lá fugira só com a roupa do corpo, quase dez anos antes, e inevitavelmente rememorei cada percalço daquela longa caminhada: o sujeito que me roubou, o dono do brechó que pagou por meu colete a metade do que valia, a fome, o cansaço, a dor no corpo e na alma.

Era noite fechada quando me apeei diante do Cruz Dourada, um hotel muito famoso na época. O único quarto disponível cheirava a mofo e situava-se em cima do estábulo, mas, como partiria na manhã seguinte, não me importei nem um pouco com isso.

Jantei no restaurante do hotel e estava tão absorto em meus pensamentos que a figura de um bonito jovem vestido com uma elegante displicência que eu conhecia muito bem só se tornou uma presença concreta para mim quando me levantei para ir dormir. Era uma hora da manhã, eu estava zonzo de sono, porém não precisei olhá-lo duas vezes para correr até sua mesa.

– Steerforth! – exclamei.

Ele me fitou por um instante, sem dar sinal de me reconhecer.

– Não se lembra de mim? – perguntei, trêmulo de ansiedade.

– Meu Deus! – ele murmurou. – É o pequeno David Copperfield!

Tive vontade de abraçá-lo com toda a força e gritar de alegria, mas, com vergonha dos outros clientes e com medo de desagradar o ídolo de minha infância, apenas lhe apertei a mão e sentei-me com ele.

Steerforth me contou que estava estudando em Oxford e ia visitar sua mãe, porém, como ela morava meio afastado da cidade e as estradas se encontravam em péssimas condições, resolvera pernoitar no Cruz Dourada.

– E você? – perguntou-me. – O que tem feito?

Resumi-lhe brevemente a história de minha vida, desde o dia daquele meu aniversário inesquecível, quando deixei Salem House para sempre, e acrescentei que agora estava viajando para "ver um pouco o mundo", como dissera minha tia, e tentar escolher uma profissão.

– Mas antes vou passar uns dias com minha antiga empregada, em Yarmouth – ressalvei.

– Posso ir com você? – ele perguntou impulsivamente, esquecendo-se de que pretendia visitar a mãe.

E eu impulsivamente exclamei:

– Claro!

10

Festa de noivado

Nunca deixei de escrever para Pegotty, mantendo-a a par de tudo que me acontecia, mas fazia quase uma década que não nos víamos. Agora eu era um homem e, evidentemente, não esperava que ela me reconhecesse de imediato. Assim, desenterrei de nosso passado uma lembrança bastante significativa para me identificar. Quando ela abriu a porta do velho barco e, como se estivesse diante de um completo estranho, perguntou-me o que desejava, respondi simplesmente:

– Um certo livro sobre crocodilos.

Pegotty primeiro arregalou os olhos e juntou as mãos; depois se atirou em meus braços, rindo e chorando ao mesmo tempo. E abraçados permanecemos durante alguns minutos, sem dizer nada, deixando nossas lágrimas correrem soltas e se misturarem a nossos beijos carregados de amor e de saudade.

Acho que, se o sr. Pegotty e os outros não se adiantassem para me cumprimentar com fortes apertos de mão e palmadinhas nas costas, seríamos bem capazes de ficar ali na porta até o dia clarear.

Em meio a tantas efusões demorei para me lembrar de Steerforth, que, parado a meio metro do barco, assistia a tudo meio perplexo e, acredito, um pouco aborrecido por ter sido deixado de lado. Quando finalmente o apresentei, meus amigos o receberam com sua habitual gentileza e o convidaram a participar da pequena comemoração familiar que estava em curso.

– Bem que ouvimos barulho de festa – ele comentou, referindo-se aos risos, palmas e vozes acaloradas que escutamos ao aproximar-nos da casa e que a comoção de meu encontro com Pegotty silenciara. – É aniversário de alguém?

Ninguém respondeu. Só depois que nos sentamos e a sra. Gummidge colocou na mesa uma travessa com um assado tão fumegante quanto apetitoso, o sr. Pegotty explicou que estavam celebrando o noivado de Emily e Ham.

– Pescador sai de casa de manhã e não sabe se vai voltar à noite – falou. – Eu queria que, quando o mar resolvesse me levar, minha menina estivesse casada com um homem capaz de protegê-la como sempre a protegi. Acontece que este rapaz aqui – prosseguiu, acariciando a mão de Ham – pode não ser bonito, mas é o genro que todo pai pediu a Deus: bom, honesto, forte, trabalhador... E ama Emily desde que ela era um farelo de gente. Perdi a conta das vezes em que o aconselhei a se abrir com ela, mas o coitadinho é tímido como uma noviça e continuou amando minha menina em silêncio. Até que hoje criou coragem para pedi-la em casamento, e ela aceitou. Não é para comemorar? – concluiu, com um sorriso que ia de uma orelha a outra.

Não sei se cheguei ali com alguma fantasia de que ainda estava apaixonado por Emily, mas posso dizer, com absoluta sinceridade, que me alegrei imensamente com a notícia e desejei aos noivos toda a felicidade do mundo.

Era quase meia-noite quando nos despedimos daquela família tão hospitaleira, prometendo voltar pela manhã. A caminho da estalagem, meu amigo comentou casualmente:

– Ela é uma beleza de moça, mas o rapaz é meio xucro, não?

– Ham é um sujeito excelente – retruquei, irritando-me com ele pela primeira vez na vida.

– Não duvido disso – Steerforth resmungou. – Só acho que Emily merecia coisa melhor.

11

Lembranças e lamentos

Steerforth e eu passamos quinze dias em Yarmouth e, na maior parte desse tempo, tomávamos rumos diferentes depois do café da manhã para só nos reencontrar no jantar. Ele era bom marinheiro e gostava de sair para o mar com o sr. Pegotty e de conversar com os outros pescadores. Eu preferia usufruir a companhia de minha antiga empregada e relembrar episódios de nossa vida em comum e visitar os cenários de minha infância, em Blunderstone.

Em minhas peregrinações solitárias, percorria com emoção cada palmo da estrada e me demorava nos lugares marcantes de minha meninice. Todos os dias levava flores ao túmulo de meus pais, que Pegotty mantinha impecavelmente limpo, e muitas vezes parava diante de minha velha casa, recordando os bons e os maus momentos que vivi entre aquelas quatro paredes.

Fazia anos que os Murdstone tinham se mudado e a casa fora posta à venda. Até aparecer um comprador, sofri horrivelmente ao pensar que meu antigo ninho estava abandonado, com os ventos do inverno uivando nas quinas das paredes, a chuva fria açoitando as vidraças, a lua desenhando fantasmas nas salas vazias. Agora moravam ali um pobre lunático e dois ou três serviçais que cuidavam dele, porém o ar de abandono persistia nas janelas fechadas, no jardim invadido pelo mato, nas folhas mortas que se acumulavam pelos cantos. Era com uma singular mistura de tristeza e prazer que eu me detinha nas proximidades de minha casa natal, até o sol avermelhado do inverno me avisar que estava na hora de começar o caminho de volta.

Uma tarde me atrasei e, quando entrei no barco do sr. Pegotty, encontrei Steerforth sozinho e tão pensativo que nem percebeu minha chegada, apesar de meus passos barulhentos na areia. Quando pus a mão em seu ombro, ele se sobressaltou de tal modo que me assustou também.

– Você parece um fantasma! – reclamou. – Por que demorou tanto? Não sabe que eu detesto solidão, ainda mais nessa hora em que não é nem dia nem noite?

– Fui me despedir de Blunderstone – respondi. – Onde estão os outros?

– Sei lá! – ele retorquiu com uma rispidez que não lhe era habitual. – Vim para cá em busca de companhia e bati com a cara na porta – acrescentou, num tom mais brando. – Então entrei e me sentei e fiquei olhando o fogo que se extinguia e pensei que toda essa gente que encontramos tão contentes na noite de nossa chegada pode se separar, sofrer, morrer... – murmurou. – Ah, Copperfield, como eu queria ter tido um pai sensato! – lamentou, segurando minha mão com a força de um náufrago que se agarra a uma tábua de salvação e fitando-me com uma angústia que eu não o imaginava capaz de sentir. – Como eu queria, com toda a minha alma, ter sido mais bem guiado nesses meus vinte e poucos anos de vida! De que me adianta ser mil vezes mais rico, mil vezes mais instruído, mil vezes mais elegante do que esse palerma do Ham... e mil vezes mais infeliz?

Eu estava tão perplexo que demorei alguns segundos para conseguir lhe perguntar o que acontecera para afligi-lo tanto, mas então ele riu, a princípio com visível irritação e logo com a alegria de sempre.

– O que aconteceu foi só um daqueles momentos em que sou má companhia para mim mesmo... – garantiu-me. – Vamos jantar – decretou, levantando-se para me conduzir para fora. – Ainda bem que amanhã abandonamos esta vida de bucaneiro, pois eu já estava quase me esquecendo de que existem outras coisas no mundo além de sair para o mar.

– O sr. Pegotty me falou que você é um marinheiro de primeira classe – comentei, feliz por vê-lo mais animado.

– Exagero... – ele retorquiu e, após uma breve pausa, contou-me que tinha comprado um barco. – O sr. Pegotty vai manejá-lo em minha ausência – acrescentou.

– Então você comprou o barco para ele! – concluí, exultante. – Muito generoso!

– Antes fosse... – Steerforth suspirou e, quando me pareceu que ia mergulhar novamente em depressão, informou-me num tom casual: – O barco se chamava "Espalha brasa", mas achei esse nome muito bobo e o mudei para "Pequena Emily". E, por falar nisso, veja só quem vem lá...

A pequena Emily em pessoa caminhava em nossa direção, de braço dado com seu noivo. Ham estava voltando do estaleiro onde trabalhava e trazia na roupa e no rosto as marcas de seu esforço diário. Para mim, no entanto, não poderia ter melhor aparência, com sua expressão franca e honesta, seus olhos cheios de amor, sua maneira protetora de conduzir a criaturinha a seu lado.

Quando paramos para trocar algumas palavras, Emily timidamente soltou o braço de Ham e corou; depois enfiou as mãos nos bolsos do avental e foi andando cabisbaixa, como se estivesse constrangida. Ficamos olhando-os até perdê-los de vista e completamos nosso trajeto no mais absoluto silêncio, cada qual imerso em seus próprios pensamentos.

12

Beber não vale a pena

Eu estava radiante: não só havia finalmente tomado uma decisão quanto à carreira que pretendia seguir, como minha escolha proporcionara a tia Betsey uma alegria imensa.

– É a profissão que sempre sonhei para você – ela me confessou, quando lhe comuniquei que resolvera ser advogado.

– A senhora nunca me disse nada – observei.

– Claro! – ela exclamou. – É uma questão de princípios. Acho que pai e mãe não têm de se intrometer na escolha dos filhos; ao contrário, têm de respeitar sua vocação, esclarecê-los sobre as dificuldades da carreira e fornecer-lhes os recursos necessários para alcançarem sua meta. Por isso quero que você faça uma espécie de estágio num grande escritório de advocacia para ver de perto a rotina da profissão. Assim não correrá o risco de se arrepender no meio do caminho e abandonar a faculdade ou, pior ainda, terminar o curso aos trancos e barrancos e se tornar um mau advogado.

Ansioso para iniciar logo meus estudos, argumentei que todos os meus anos de convivência com o sr. Wickfield já me haviam dado uma boa noção da atividade que eu escolhera, mas ela replicou que eu passara a maior parte do tempo na escola e, quando muito, ouvira um comentário ou outro sobre seu trabalho.

– Ademais, aquele escritório é muito pequeno – acrescentou – e praticamente lida só com administração de bens, espólio, testamento... essas coisas. Quero que você acompanhe de perto vários tipos de processo, frequente o tribunal, vivencie realmente o dia a dia de um advogado. E isso só me parece possível num grande escritório de uma grande cidade – sentenciou. – Amanhã mesmo vamos para Londres tratar disso.

Tia Betsey conhecia várias pessoas na capital e, por intermédio delas, não teve nenhuma dificuldade em chegar ao sr. Spenlow, um dos mais prestigiados advogados londrinos, que, após uma longa negociação, concordou em me aceitar como "prestador de serviços gerais" (foi o termo que cunhou para designar minha função).

– Para conhecer os trâmites do ofício, o rapaz terá de cumprir as mais diferentes tarefas, desde copiar um documento importante até carregar minha papelada para o tribunal – explicou. – Mas quero deixar bem claro que não lhe pagarei um centavo – ressalvou. – Afinal, estou lhe concedendo uma oportunidade de ouro, que muitos jovens gostariam de ter.

Agradecemos-lhe calorosamente e, tendo combinado que eu começaria a trabalhar na segunda-feira, tratamos de resolver a questão da moradia. Um anúncio de jornal nos levou a um apartamento mobiliado, situado no último andar de um pequeno prédio administrado por uma certa sra. Crupp, que propôs um salário "irrisório" para se incumbir da faxina, cuidar de minha roupa e, eventualmente, cozinhar para mim.

Tudo acertado, tia Betsey voltou para Dover, e eu fiquei livre e solto na grande metrópole. Era maravilhoso andar pela cidade com a chave de casa no bolso e saber que podia convidar qualquer pessoa para me visitar, sem ter medo de incomodar ninguém. Era maravilhoso entrar e sair quando bem entendia, sem dar satisfações a ninguém. Era maravilhoso – mas às vezes era terrível. Principalmente à noite a solidão me pesava, e eu sentia muita falta de um amigo.

Eu tinha escrito para Steerforth, comunicando-lhe meu novo endereço, e, quando ele apareceu, num domingo de manhã, convidei-o para jantar. Como estava com dois colegas de Oxford hospedados em sua casa, ele sugeriu que fôssemos a um restaurante, porém insisti em recebê-los para inaugurar oficialmente minha residência.

Passei o resto do dia arrumando o apartamento e providenciando o jantar (comprei tudo pronto, pois a sra. Crupp alegou que precisava sair). Conferi detalhe por detalhe mil vezes e mesmo assim estava tenso e preocupado ao estrear no papel de anfitrião. Só depois de tomar alguns copos de vinho me desinibi e comecei a me divertir para valer.

Brindei à saúde de Betsey Trotwood, a melhor mulher do mundo. Brindei à saúde de James Steerforth, meu amigo mais querido, o protetor de minha infância, o companheiro de minha juventude, a estrela-guia de minha existência. Brindei à saúde de uma porção de gente que foi mencionada e que eu nem conhecia. E fumei, tentando controlar uma crescente tendência ao enjoo. E chorei com o discurso que Steerforth fez em minha homenagem. E insisti repetidamente para que os três viessem jantar comigo no dia seguinte, e no outro, e no outro, até o fim dos tempos.

– Vamos ao teatro – alguém propôs.

Todos nós concordamos. Então um sujeito tropeçou nas próprias pernas e rolou escada abaixo. Disseram que Copperfield havia caído. Protestei, furioso, contra tamanha maledicência, mas, ao me ver estirado no patamar, pensei que a informação talvez tivesse algum fundamento.

Apoiado em meus convidados (nenhum deles estava tão bêbado quanto eu), saí para a rua. A forte cerração formava grandes halos em torno dos lampiões. Ouvi um vago comentário sobre umidade e frio, e percebi que Steerforth me ajeitou o chapéu, que saíra não sei de onde, pois eu não me lembrava de tê-lo na cabeça.

– Você está bem? – Steerforth me perguntou.

– Melhorquenunca! – respondi, emendando todas as palavras.

Não imagino como chegamos ao teatro, mas lembro que um homem instalado numa espécie de pombal perguntou se estavam pagando meu ingresso e hesitou em receber o dinheiro, como se achasse que eu não tinha condições de assistir a espetáculo nenhum. Lembro também que nos acomodamos num lugar alto e que lá embaixo havia uma porção de gente sentada lado a lado, numa série de fileiras, e uma meia dúzia de gatos pingados num buraco que parecia uma caixa. O pessoal das fileiras não abria a boca, porém a turma da caixa falava com a língua tão enrolada que não dava para entender nada.

Alguém localizou um camarote meio vazio e sugeriu que descêssemos. E entramos no camarote, e balbuciei não sei o quê, e uns e outros exigiram "silêncio!", e então vi Agnes – o quê?! exatamente! – sentada bem em minha frente, entre uma dama e um cavalheiro que eu não conhecia.

– Deussejalouvado! – exclamei, incapaz de separar as palavras.

– Psiu! – fez ela. – Você está incomodando os outros. Fique quieto e olhe para o palco!

Palco? Ah, aquele buraco em forma de caixa era um palco... Tentei obedecer, mas os atores não paravam de balançar de um lado para o outro e não falavam coisa com coisa... Bando de bêbados! Olhei de novo para Agnes e percebi vagamente que ela estava encolhida na poltrona, segurando a testa com a mão, como se quisesse se esconder.

– Achoquevocênãoestásesentindobem – comentei com minha estranha maneira de me expressar.

– Por favor, Trotwood, vá embora – ela cochichou. – Peça a seus amigos que o levem para casa.

Pela primeira vez desde que começara a me encharcar de vinho, senti vergonha de mim mesmo e, grunhindo um "Banoi", que queria dizer "boa noite", levantei-me como pude e saí aos tropeços. Steerforth me ajudou a me deitar numa cama que jogava mais que uma jangada num mar tempestuoso, e adormeci.

Ah, que dia de cão, quando recobrei a consciência! Como fiquei arrasado ao pensar na loucura que cometera, nas ofensas que certamente fizera e que não poderia expiar, no olhar indelével que Agnes me lançara, na torturante impossibilidade de comunicar-me com ela, por não saber onde procurá-la! Que desgosto ao ver a bagunça da sala onde a farra tivera lugar, os copos sujos, os cinzeiros transbordando, as migalhas espalhadas por toda parte! Minha cabeça doía e pesava tanto que não consegui me levantar.

– Nunca mais vou beber... – murmurei. – Não vale a pena...

13

O sócio

Depois desse dia deplorável de ressaca e arrependimento, eu estava saindo para trabalhar, quando um mensageiro me entregou uma carta de Agnes. Ela me informava que estava hospedada na casa do sr. Waterbrook, um amigo de seu pai, e me pedia para ir visitá-la tão logo pudesse, pois precisava muito falar comigo. Enviei-lhe um bilhete, comunicando que iria vê-la às cinco da tarde, e rumei para o escritório do sr. Spenlow.

Meus "serviços gerais" me ocuparam implacavelmente até as dez para as cinco, e tive de tomar um fiacre para não chegar muito atrasado a meu compromisso. Pensei que fosse receber uma reprimenda pelo vexame que havia dado no teatro, porém Agnes nem tocou nesse assunto. Tinha algo muito mais grave para me dizer e, mal me cumprimentou, contou-me que Uriah Heep estava prestes a se tornar sócio de seu pai.

– O quê?! – gritei, indignado. – Você tem de impedir essa loucura!

– Não há como impedir – ela replicou, balançando a cabeça tristemente. – É um fato consumado. Meu pai tentou me apresentar a sociedade como uma escolha sua, mas não conseguiu esconder que estava sendo forçado a aceitá-la.

– Forçado? – repeti. – Aquele canalha chegou a tal ponto?

– Uriah é esperto – Agnes respondeu, depois de certa hesitação. – Faz tempo que cultiva as fraquezas de papai e as usa para dominá-lo.

– Bem que eu desconfiava – rosnei, furioso.

– Com todo o seu alarde de humildade, Uriah Heep é um poço de ambição – ela continuou. – E não há como negar que é competente. Fez de tudo para se tornar indispensável e então recorreu à chantagem para se promover. Passou a dizer que não via mais possibilidade de crescer profissionalmente no escritório de meu pai e que por isso teria de se demitir, "com o coração partido". E mais de uma vez declarou que, "se não fosse tão humilde", sugeriria a sociedade para "solucionar o problema".

– Problema que ele mesmo criou... – resmunguei.

– Para não perdê-lo, papai acabou aceitando a sugestão, e agora... – Agnes cobriu o rosto com as mãos e desatou a chorar.

Em várias ocasiões eu tinha visto lágrimas em seus olhos, porém um choro tão triste, tão pontuado de soluços, constituía uma novidade aflitiva que me deixou sem ação. Mantive-me quieto a seu lado, confiando que seu caráter firme logo a faria superar a angústia e retomar a calma.

– Uriah está em Londres – ela me informou, quando finalmente se recompôs. – Trate-o bem, meu amigo, por meu pai e por mim – pediu-me.

E não pôde dizer mais nada, pois a sra. Waterbrook abriu a porta. Lembrei-me vagamente de tê-la visto no teatro, mas ela demonstrou que tinha uma lembrança bem nítida – e uma impressão muito negativa – de mim. Evidentemente, pensando que a embriaguez fosse meu estado natural, a princípio adotou uma postura distante e defensiva; só depois de se assegurar que eu estava sóbrio aproximou-se, tratou-me com toda a amabilidade e até me convidou para jantar.

Agradeci-lhe a gentileza e, quando fomos para a sala, constatei que havia outros convidados. Um deles era Uriah Heep, todo de preto e muito humilde, como sempre. Outro era um jovem sério, de expressão resoluta e cabelo espetado, que identifiquei como Thomas Traddles, aquele meu colega de Salem House que desenhava esqueletos. Cumprimentamo-nos efusivamente, felizes por nos vermos depois de tanto tempo, trocamos endereços e ficamos de nos encontrar em breve para conversar à vontade.

Quando fui embora, por volta das dez da noite, demorei algum tempo para me dar conta de que Uriah caminhava atrás de mim, a alguns passos de distância. Era a última pessoa no mundo que eu gostaria de ter como companhia, mas, em consideração ao pedido de Agnes, parei e esperei que ele se aproximasse.

– Oh, menino David – ele grunhiu, arreganhando os dentes amarelos à guisa de sorriso –, quero dizer, sr. Copperfield... desculpe, é a força do hábito... Obrigado por me esperar! Parece que vamos para o mesmo lado, e eu gostaria de aproveitar para trocar uma palavrinha com o senhor. Isto é, se não for incomodá-lo...

"O simples fato de você existir já me incomoda", pensei, porém hipocritamente lhe assegurei que teria prazer em ouvi-lo.

– O senhor se revelou um profeta! – ele começou. – E dos

melhores! Lembra-se de que um dia, quando eu estava estudando advocacia, falamos sobre minhas aspirações profissionais, e o senhor me disse que, depois de formado, eu talvez me tornasse sócio do sr. Wickfield?

– Lembro-me, sim, mas não imaginava que isso acontecesse – resmunguei, esquecendo por um instante a súplica de Agnes. – Afinal, naquela ocasião, você respondeu que era "humilde demais para isso!".

Ele fingiu que não me escutou e se pôs a matraquear sobre sua nova posição na firma, sobre os erros do sr. Wickfield – para o qual esperava ser um instrumento do bem, pois, filosofou, "até as pessoas mais humildes podem ser instrumentos do bem" – e sobre as várias oportunidades que tivera de destruir seu antigo patrão e que evidentemente não usara.

Esgotado esse assunto, pediu-me permissão para fazer uma "pequena confidência" e, para meu horror, revelou-me que amava Agnes desde que se entendia por gente.

– Ainda não tive coragem de me declarar – acrescentou. – Estou apenas emergindo de minha humilde condição... Mas, quando puder lhe oferecer tudo o que ela merece, vou pedi-la em casamento...

Bem que me ocorreu uma ideia delirante de agarrá-lo pelo cangote e jogá-lo sob as rodas do fiacre que se aproximava. Meus bons princípios, contudo, prevaleceram. Rapidamente fiz sinal para o cocheiro frear o cavalo e entrei no carro como se fugisse do diabo em pessoa, deixando Uriah Heep sozinho na rua deserta.

14

Abismo de amor

Minha condição de "prestador de serviços gerais" estava para completar um mês de existência quando, inesperadamente o sr. Spenlow me convidou para passar o fim de semana em sua casa.

– Por incrível que pareça, tenho poucos amigos em Londres e quero que todos estejam presentes para comemorar a volta de minha filha, que estava estudando em Paris – ele explicou.

Agradeci-lhe o convite, que realmente me lisonjeou muito, e no sábado, antes de ir para o escritório, arrumei uma valise com o mínimo essencial para me manter apresentável durante o tempo de minha permanência sob o teto do ilustre advogado (até hoje não sei se deveria chamá-lo de mentor ou simplesmente de patrão).

Terminado o expediente, tocamos para sua casa, que ficava num bairro afastado, elegante e tranquilo. Pela quantidade de chapéus, casacos, luvas e bengalas de todo tipo que vi no *hall* de entrada, deduzi que os "poucos amigos" do sr. Spenlow deviam ser, na verdade, uma multidão e por certo pertenciam à mais fina flor da sociedade londrina.

– A srta. Dora está na sala, com os outros convidados – informou a criada empertigada que nos recebeu e se incumbiu de carregar minha valise escada acima.

"Dora!", pensei. "Que nome lindo!"

Entramos num vasto salão, repleto de gente, e me deparei com a criatura mais extraordinária que já vi na vida. Uma criatura sobre-humana. Uma deusa, uma fada, uma sílfide, uma ninfa – não sei. O que sei é que nesse instante mergulhei de cabeça num abismo de amor, sem hesitar na borda, sem olhar para baixo nem para cima nem para os lados.

– Sr. Copperfield, minha filha Dora.

Sem dúvida era a voz do sr. Spenlow, mas não me dei ao trabalho de verificar. Tudo se desvanecera num momento. Eu havia cumprido meu destino. Era cativo e escravo. Amava Dora Spenlow à loucura!

Não tenho a mínima noção de quem eram aquelas pessoas que se reuniram para celebrar o retorno de Dora. Assim como não tomei conhecimento do que foi servido no jantar. Parece-me que alguém colocou diante de mim uma meia dúzia de pratos e os retirou intactos. Parece-me que havia um copo de vinho me esperando, porém não o toquei. Não vi nada. Não escutei nada. Eu só tinha olhos e ouvidos para Dora. Estava extasiado com sua voz cristalina, seu riso contagiante, seus olhos luminosos, seus cachos dourados, suas maneiras sedutoras.

Depois do jantar, a dona de meu coração cantou deliciosas baladas francesas, acompanhando-se lindamente ao violão, e me levou ao delírio. Quando se recolheu, tive a sensação de que todas as luzes se apagaram e até a lua preferira se esconder.

Desnecessário é dizer que, embriagado de amor, não preguei os olhos nessa noite, mas não lamentei minha insônia, preenchida pelas lembranças recentes do sarau e pelas expectativas do que poderia acontecer no dia seguinte. Eu me sentia cheio de vida, o coração pulsando forte, a cabeça repleta de sonhos.

Assim que amanheceu, vesti-me às pressas e desci, na absurda esperança de encontrar minha amada tão cedo. Encontrei foi seu cachorrinho, Jip. Agachei-me para acariciá-lo (não por ele, e sim por ser de minha deusa, por guardar no pelo o vestígio de seu toque divino), mas o danado rapidamente se escondeu embaixo de uma cadeira e arreganhou os dentes, pontudos e finos como agulhas.

Resolvi passear pelos arredores, e não sei quanto tempo andei por aquelas ruas sossegadas, pensando em Dora. Não me sentia cansado de caminhar, nem tinha um pingo de fome – desde a véspera eu me alimentava de amor –, porém o sol quente indicava que já era dia alto, e ocorreu-me que Dora podia ter acordado. Quem sabe se não estaria me procurando?

Quase corri para a casa do sr. Spenlow, ansioso para ver minha adorada. Encontrei-a no jardim e até hoje, ao recordar esse momento mágico, emociono-me a tal ponto que a pena me treme na mão. Conversamos sobre as flores, sobre o tempo, sobre Paris – aliás, "conversamos" é um modo de dizer, pois Dora falou e eu escutei, embevecido, incapaz de articular mais que uma palavra de cada vez.

Jip não tardou a aparecer e, mortalmente ciumento, se pôs a latir para mim com toda a força de seus pulmões minúsculos. Dora o pegou no colo e o acariciou de um jeito tão irresistível que eu teria me ajoelhado aos pés dela, no cascalho duro, se a empregada não tivesse nos chamado para tomar o café da manhã.

Nunca pensei que um amor tão fulminante, que até então eu só tinha visto nos livros de ficção, pudesse acontecer na realidade. Entretanto, acabava de acontecer comigo, e eu não conseguia mais imaginar minha vida sem Dora.

15

Novidades

Eu precisava conversar com alguém sobre minha avassaladora paixão e, supondo que Steerforth estivesse em Oxford, decidi visitar Traddles. Meu velho amigo morava numa rua francamente nojenta, onde se acumulava todo tipo de lixo – desde restos de comida até móveis desmantelados. Precisei tomar muito cuidado para não escorregar nas poças de lama (e de sei lá mais o quê), não tropeçar nos vira-latas pulguentos que se coçavam sem parar e não ser atropelado pelas crianças que brincavam entre montes de imundícies.

Traddles estava na porta da casa, e não pude deixar de ouvi-lo pedir a um sujeito furioso que tivesse um pouco mais de paciência.

– Minha paciência se esgotou – o sujeito berrou. – Pois não entrego mais leite enquanto aquele caloteiro não pagar o que me deve – decretou, antes de se afastar com sua carrocinha cheia de latões.

Constrangido por presenciar uma cena tão familiar para mim, olhei em torno, procurando um lugar onde pudesse me esconder por alguns instantes, mas meu amigo me viu e correu a me abraçar. Sem fazer nenhum comentário sobre o desagradável incidente, subimos para seu "cantinho", um quarto minúsculo, muito bem-arrumado, porém parcamente mobiliado. Conversamos sobre nossa breve convivência em Salem House e sobre o que havíamos feito desde que nos separamos, e depois ele me contou que estudava advocacia e tinha muitos empregos, entre os quais compilar uma enciclopédia para um editor.

– Para que tantos empregos? – perguntei.

– Para poder me casar – Traddles respondeu, com um

sorriso que ia de orelha a orelha. – Estou noivo, meu caro! Ela se chama Sophy e é uma das dez filhas de um pastor presbiteriano do condado de Devon. A coitadinha também se mata de trabalhar, dando aula na escola do vilarejo e fazendo flores de tecido para vender na feira local. Só assim vamos conseguir montar nossa casinha.

– Agora entendo por que você mora aqui... – deixei escapar, mas imediatamente percebi minha terrível gafe. – Desculpe – murmurei, rubro de vergonha.

– Não precisa se desculpar! Tenho plena consciência de que este lugar é infecto, mas pago um aluguel irrisório ao sr. Micawber e...

– O que você está me dizendo?! – interrompi-o. – Eu morei na casa dos Micawber, quando trabalhei na Murdstone e Grinby!

– Que coincidência! – Traddles exclamou. – Eles vão gostar muito de ver você. Devem estar na cozinha, escondidos do leiteiro... Eu o levo até lá.

Antes os tivesse preparado para me receber, pois minha repentina aparição causou uma comoção tão grande que o sr. Micawber teve um violento acesso de tosse e a sra. Micawber por pouco não desmaiou. Precisei abaná-los vigorosamente com meu chapéu, enquanto Traddles lhes providenciava um copo de água com o resto de açúcar que encontrou na despensa.

Felizmente eles se recuperaram logo, e pudemos nos cumprimentar (com certa reserva, para evitar novos transtornos). Soube então, entre outras coisas, que as crianças estavam num internato e que o sr. Micawber trabalhava agora no ramo de cereais, porém não ganhava o suficiente para honrar seus compromissos financeiros e, como de hábito, vivia às voltas com os credores. Conversamos ainda por um bom tempo, e, quando me levantei para ir embora, eles me convidaram para jantar. Ciente de que nem sempre tinham o que pôr na mesa, resisti bravamente à tentação de me demorar um pouco mais em sua agradável companhia e aleguei um compromisso inadiável.

– Venham todos jantar comigo um dia desses e conhecer meu apartamento – propus.

Em função dos múltiplos afazeres de Traddles, tive de esperar até o fim de semana seguinte para poder recebê-los. Os três elogiaram muito meu "ninho de solteiro", como disseram, e se mostraram encantados com a mesa farta que eu arrumara para eles.

Graças a minha insistência e a uma generosa gorjeta, eu convencera a sra. Crupp a variar seu cardápio, que praticamente se resumia a bife com purê de batata. Melhor teria sido comprar tudo pronto, como fiz quando Steerforth e seus amigos me visitaram. O peixe e a torta de frango até que não estavam mal, porém o pernil de cordeiro, que seria o ponto alto do jantar, foi um desastre: além de completamente cru por dentro, estava envolto numa coisa estranha e areenta, como se tivesse rolado nas cinzas do fogão. Fiquei desolado, mas o sr. Micawber me garantiu que com uma grelha repararia "esse pequeno contratempo".

E de fato reparou, pois o pernil ficou excelente. Comemos a fartar, tomamos um ponche delicioso, preparado pelo

sr. Micawber com um prazer indescritível, cantamos, conversamos sobre nossas perspectivas de trabalho e rimos muito. Acredito que por um breve espaço de tempo até me esqueci de Dora.

Era mais de meia-noite quando meus convidados se retiraram e comecei a me arrumar para dormir. Ao tirar os sapatos, ouvi passos na escada. Pensei que Traddles estivesse voltando para buscar algo que esquecera, mas, ao abrir a porta, deparei-me com Steerforth. Recusando meu convite para entrar, ele me falou que acabava de chegar de Yarmouth e, como devia partir para Oxford naquela mesma noite, resolvera passar em minha casa para me informar que Emily ia se casar dentro de duas semanas.

– Se alguma coisa nos separar, pense em mim no que tenho de melhor – pediu-me, antes de descer a escada tão apressadamente quanto subira.

Pasmo com suas palavras e com sua estranha atitude, demorei alguns segundos para replicar que ele não tinha nem melhor nem pior para mim, pois o estimava por inteiro. Mas a essa altura Steerforth já estava saindo e provavelmente não me ouviu.

16

A fuga de Emily

De repente, Londres se transformou num deserto para mim: Traddles conseguira tirar uns dias de férias e foi visitar a noiva em Devon; os Micawber se refugiaram na casa de uns parentes para escapar dos credores; minha fada viajou para o campo com o pai; e Steerforth estava em Oxford (era o que eu supunha).

Como faltavam apenas alguns dias para o casamento de Emily, decidi antecipar minha ida a Yarmouth. Tomei a primeira diligência da manhã e por volta das onze da noite estava diante do velho barco. Qual não foi minha surpresa quando me deparei com Ham sentado na soleira, com um papel na mão.

– O que aconteceu? – perguntei.

– Emily fugiu! – ele respondeu, entre soluços. – Não sei como contar a...

Certamente falamos alto demais, pois nesse instante a porta se abriu. O sr. Pegotty agarrou o papel que o sobrinho segurava e tentou ler, porém não conseguiu e, num fio de voz, pediu-me que o fizesse.

– Devagar, por favor, para que eu possa entender – acrescentou.

Aproximei-me do lampião que ardia no principal cômodo da casa e, em meio a um silêncio mortal, li:

Quando você, que me ama muito mais do que mereço, encontrar estas mal traçadas linhas, estarei longe. Terei deixado meu querido lar para só voltar se ele se casar comigo. Diga ao tio Dan que nunca o amei tanto como agora. Esqueça que íamos nos casar, procure imaginar que morri e fui enterrada num lugar distante. Deus abençoe a todos!

Era só. A perplexidade nos imobilizou, e durante algum tempo permanecemos mudos, mal conseguindo respirar. Até que, a muito custo, como se as palavras se recusassem a lhe sair da garganta, o sr. Pegotty balbuciou:

– Quem é ele?

Ham olhou para mim, sobressaltado, e sugeriu que eu me retirasse para não ouvir o que tinha para dizer. Tomado por um terrível pressentimento, indiquei-lhe com um gesto que não pretendia me retirar e deixei-me cair num dos caixotes que serviam de cadeira.

– Ele esteve aqui várias vezes... – o rapaz começou, hesitante. – Mas só ultimamente me dei conta de que, na presença dele, Emily se afastava de mim, não queria que eu lhe segurasse a mão, ficava nervosa, não sei... Ontem saí do estaleiro mais cedo que de costume e por acaso encontrei os dois e tive a impressão de que estavam cochichando alguma coisa. Acho que se espantaram ao me ver, pois ele me cumprimentou de um jeito esquisito e Emily me abraçou com força, como nunca tinha me abraçado... Agora eu sei que ela estava se despedindo de mim, para fugir com ele...

Não foi preciso dizer o nome. Todos nós compreendemos que "ele" era Steerforth, o herói de minha infância, o amigo mais querido de minha juventude.

– Perdoem-me... – murmurei, acabrunhado.

– Não é sua culpa, meu menino – Pegotty falou docemente, acariciando-me o cabelo. – Como você poderia imaginar?

Mesmo que ela tivesse concluído a frase, ninguém a teria ouvido, pois nossas atenções se voltaram ao mesmo tempo para seu irmão, que, sem pronunciar uma só palavra, sem derramar uma única lágrima, pegou o casaco no cabide, vestiu-o desajeitadamente e se dirigiu para a porta.

– Aonde o senhor vai? – Ham lhe perguntou.

– Vou procurar Emily – foi a resposta.

17

Meu noivado secreto

Toda a minha tristeza com a fuga de Emily, minha angústia com o sofrimento de sua pequena família, minha profunda decepção com Steerforth se dissiparam como por encanto no momento em que o sr. Spenlow me convidou a participar de um piquenique para comemorar o aniversário de Dora.

Não pensei em mais nada ao longo daquela semana. Comprei uma gravata especialmente para a ocasião e no sábado, véspera do piquenique, mandei para a casa de minha ninfa um delicado cestinho de frutas e doces que, por si só, deveria equivaler a uma declaração de amor. No domingo me levantei às seis da manhã, vesti-me com o maior capricho e fui ao mercado de flores comprar um buquê de violetas azuis para minha amada; depois aluguei um cavalo cinzento e às oito horas, com o buquê bem protegido na fita do chapéu, estava trotando pela estrada, contente como um passarinho.

Não sei onde se realizou o piquenique. Sei apenas que foi numa encosta verde, forrada de relva macia e sombreada por belas árvores frondosas. Imagino que um mágico das mil e uma noites criou esse lugar só para celebrarmos o aniversário de Dora e o fechou para sempre, pois nunca mais consegui encontrá-lo.

Esse foi um dos dias mais gloriosos de minha vida. O dia em que minha fada me permitiu beijar-lhe a mão pela primeira vez. O dia em que cantou só para mim, embora seus convidados se comprimissem a seu redor para ouvi-la. O dia em que, ao despedir-se, ela me comunicou, num adorável sussurro, que ia passar um mês em casa de sua amiga Julia Mills e teria prazer em me receber.

Ainda sentindo seu perfume, acariciando meus próprios lábios, que haviam tido a felicidade indescritível de tocar sua pele angelical, cavalguei como um louco, até me ver diante do estábulo onde alugara a montaria (suspeito que o cavalo se encarregou de me conduzir a seu proprietário, pois eu não tinha ideia do rumo que tomara).

Quando cheguei a meu apartamento, joguei-me no sofá e sonhei acordado pela noite adentro, até o sono se apoderar de mim. Então sonhei com Dora e, ao acordar, resolvi declarar-lhe meu amor. Com esse propósito fui ao endereço que minha sílfide me dera, porém subi e desci a rua uma dezena de vezes e voltei atrás. Afinal, o que estava em jogo era meu próprio destino. Se me recusasse, Dora me arremessaria num abismo escuro de dor e desesperança. Se me aceitasse... Ah, se me aceitasse...

Durante três dias rondei aquela casa bem-aventurada como um ladrão, escondendo-me atrás dos muros. Quando não aguentei mais o tormento da dúvida, atrevi-me a tocar a campainha. A empregada que me atendeu levou-me a uma saleta do primeiro andar, onde a srta. Mills se ocupava em copiar a partitura de uma canção nova e Dora pintava uma aquarela de flores, usando como modelo as violetas que eu lhe havia dado. Conversamos por alguns minutos, não sei sobre o quê, e a srta. Mills nos deixou a sós.

Comecei a pensar em adiar a declaração, mas, no instante em que Dora se abaixou para pegar Jip no colo, impulsivamente me ajoelhei a seus pés e lhe disse que a amava desde que a vira pela primeira vez, que morreria por ela, que a vida sem seu amor não valia nada. Tive de falar tudo de um jorro, para não me intimidar com minha própria ousadia e desistir para sempre.

Repeti as mesmas palavras uma porção de vezes, e Jip latiu o tempo todo, tanto mais insistente quanto mais eloquente eu me tornava. E então nos calamos, o cachorro e eu. Expectativa insuportável! Dora me brindou com um sorriso luminoso e declarou que me amava. E então ficamos noivos, minha deusa e eu. Felicidade absoluta!

Acho que tínhamos alguma noção do compromisso que acabávamos de assumir, pois Dora estipulou que nunca nos casaríamos sem o consentimento de seu pai. Não creio, entretanto, que, em nosso êxtase juvenil, acalentássemos realmente qualquer aspiração em relação ao futuro. Vivíamos o presente. E, no presente, decidimos, não sei por que, guardar segredo do sr. Spenlow.

18

Arruinados

Uma noite, ao voltar da casa da srta. Mills, quase caí de susto ao me deparar com tia Betsey sentada numa arca, no meio da sala. Uma profusão de baús, caixas, malas, valises, pacotes, fardos a rodeava, como uma muralha. Seus dois pássaros estavam na gaiola a seus pés. Seu velho gato rajado dormia placidamente em seu colo.

– Ti... ti... tia?! – gaguejei, incapaz de formular uma frase sequer.

Era evidente que algo muito sério havia acontecido. A primeira hipótese que me ocorreu foi que ela havia descoberto meu noivado secreto e viajara para ralhar comigo por ter dado um passo tão importante sem a consultar. Logo, porém, pensei que, se assim fosse, não precisaria se abalar até Londres com toda aquela bagagem.

– Sabe por que estou sentada aqui, entre meus pertences, e não no sofá? – ela perguntou.

Limitei-me a balançar a cabeça, indicando que não fazia a mínima ideia.

– Porque é tudo que tenho, além da casa de Dover – ela declarou solenemente. – Estou arruinada!

Creio que, se o prédio tivesse desmoronado naquele instante, meu choque não teria sido maior.

– Co... como?! – balbuciei.

– Amanhã eu lhe conto tudo – titia respondeu. – Hoje estou muito cansada e quero esquecer esse assunto – acrescentou, enxugando umas poucas lágrimas com as pontas dos dedos. – Você tem alguma coisa para comer?

Atarantado como estava, circulei pela sala feito barata

tonta antes de ir até a cozinha, tirar do armário todas as sobras do jantar da véspera e do café da manhã, colocá-las numa bandeja, pegar dois pratos e dois talheres, derrubar outros tantos e voltar para a sala.

Apesar da calamidade que se abatera sobre nós, tia Betsey se pôs a comer com tamanho gosto e tamanha calma, sempre sentada em sua arca, que me contagiou com seu apetite e com sua fleuma imperturbável, e logo eu também estava jantando tranquilamente.

– Alguma novidade sobre Emily? – ela perguntou.

– O sr. Pegotty saiu para procurá-la, conforme lhe escrevi, mas até agora, que eu saiba, não mandou nenhuma notícia.

– O pobre homem vai morrer de desgosto, se não a encontrar – titia observou. – Mas quem me dá mais pena nessa história toda é o coitadinho do Ham... Uma das piores desgraças que podem acontecer na vida é amar a pessoa errada...

– Ainda bem que não corro esse risco – suspirei e, esquecendo por completo nossa miséria, revelei: – Estou apaixonado! Estou apaixonado pela criatura mais fascinante do mundo!

A princípio tia Betsey se surpreendeu com meu arroubo de paixão, porém logo se refez do espanto e em nome de seu infalível bom-senso me submeteu a um verdadeiro interrogatório sobre Dora: se era uma moça responsável, se sabia administrar uma casa, se tinha boa saúde, se possuía um caráter sólido e outros disparates que nem gosto de lembrar. A tudo respondi afirmativamente, mas devo confessar que nunca me ocorrera averiguar se minha fada reunia mesmo as qualidades mencionadas.

– E naturalmente você acha que nasceram um para o outro, que são o lindo casalzinho do bolo de noiva e que a vida é uma festa sem-fim... – minha tia concluiu, num tom meio brincalhão, meio tristonho. – Como você está cego, Trotwood... O que segura um casamento não é a paixão, que sempre acaba, mas o amor de verdade, o companheirismo, o respeito mútuo, os interesses comuns, o empenho em promover o aprimoramento do outro... Tanta coisa que você ainda não entende...

Lembrei-me da história que minha mãe me contara sobre o casamento desastrado de tia Betsey com um jovem muito bonito e muito mulherengo, do qual ela se separara anos antes de eu nascer. E, sem saber por que, senti uma sombra pairar sobre mim como uma nuvem.

— Mas nada impede que sua paixão se transforme em amor de verdade – titia ressalvou. – Há tempo bastante para isso... e inclusive para irmos dormir – acrescentou, com um sorriso maroto. – Estou realmente um trapo.

Acomodei-a em meu quarto, apesar de seus protestos, e me deitei no sofá da sala, porém não preguei os olhos. Pensei que agora eu era um pobretão e precisava expor minha nova situação a Dora – e se ela me recusasse? Pensei que tinha de fazer alguma coisa para ganhar a vida, sustentar minha tia e começar a montar minha própria casa – mas o quê, se ainda estava longe de ter uma profissão? Imaginei-me esfarrapado, vendendo fósforos na rua, catando migalhas na porta dos restaurantes, tiritando de frio no banco da praça.

— Vou pedir ao sr. Spenlow que me arrume um emprego – decidi.

Esse pensamento, que me pareceu uma lamparina no fim de um túnel escuro e comprido, ajudou-me a enfrentar com resignação minha longa noite de insônia e se revelou profético, pois no dia seguinte o sr. Spenlow me contratou como escriturário e foi logo me passando uma pilha de documentos para copiar.

Ao terminar o expediente, eu caminhava pela rua, exausto mas contente, quando um fiacre parou no meio-fio e uma voz suave e doce me chamou. Olhei de imediato e vi, na janela do carro de aluguel, o rosto sereno e meigo de minha amiga mais querida.

— Agnes! – exclamei. – Que surpresa boa!

– Estou indo para sua casa – ela me falou. – E, já que o encontrei e a tarde está tão bonita, vou fazer o resto do trajeto a pé – decidiu, abrindo a porta para descer do fiacre. – A srta. Trotwood me escreveu um bilhete, contando-me que estava arruinada e que vinha para cá – explicou-me, depois de pagar e dispensar o cocheiro. – Resolvi visitá-la, para tentar animá-la um pouco.

– É muita consideração de sua parte! – comentei, agradecido.

– Nem tanto... – ela replicou. – Na verdade, vim a Londres acompanhando meu pai. Você sabe que não gosto de deixá-lo sozinho com Uriah Heep, e, como os dois tinham negócios a tratar aqui...

– Aquela raposa ruiva ainda exerce influência sobre o sr. Wickfield?

– E como exerce... – Agnes suspirou. – Você não imagina como nossa casa mudou depois que eles foram morar conosco.

– Eles? – estranhei.

– Uriah e a mãe. Ele se instalou no quarto que era seu.

– Ah, se eu pudesse controlar os sonhos daquele canalha! – rosnei, brandindo o punho. – Eu o faria ter pesadelos tão terríveis que ele fugiria correndo daquele quarto, de sua casa... de sua vida!

Agnes não conseguiu deixar de rir, um riso triste, e, para me aquietar, garantiu-me que as mudanças não afetaram muito seus velhos hábitos. Ainda passava boa parte do tempo com o pai – embora não tanto quanto gostaria, pois Uriah fazia questão de lhes impor sua presença execrável e a sra. Heep a requisitava com frequência – e mantinha intacta a saleta do primeiro andar.

– Lembra-se? – perguntou-me. – A saleta da porta que parecia secreta...

– E como eu haveria de esquecer? Foi naquela porta que vi você pela primeira vez...

E assim, recordando pequenos episódios de nossa feliz

meninice, nem percebemos a extensão da caminhada e quase passamos direto pelo prédio onde eu morava.

Minha tia exultou ao ver Agnes e abraçou-a com tanto carinho que cheguei a sentir uma ponta de ciúme. Depois contou que havia discutido com a sra. Crupp, por causa de uma divergência de opiniões, porém já esfriara a cabeça e podia, portanto, nos expor sua situação.

– Prometi a Trotwood que falaríamos disso hoje, mas ele saiu de manhã, para procurar emprego... – disse. – Pelo jeito achou...

Confirmei, radiante, e em poucas palavras lhe resumi o que havia feito o dia inteiro.

– O salário não é grande coisa, mas dá para não morrermos de fome – concluí.

– Ótimo! – tia Betsey exclamou e, sentando-se em sua arca, com o gato no colo, desfiou a história de nossa ruína: – Meus pais me deixaram alguns bens, e durante muitos anos meu advogado os administrou com sucesso, proporcionando-me bons rendimentos. Ultimamente, porém, esses ganhos começaram a minguar de um modo assustador. Achando que o infeliz estava caduco, resolvi dispensá-lo e agir por conta própria. Foi pior a emenda que o soneto, pois todos os investimentos que fiz resultaram em perdas. Só me restaram a casa de Dover e os trastes velhos que estão nesses baús.

Quando minha tia mencionou seu advogado, Agnes empalideceu subitamente, e temi que ela fosse desmaiar. Agora, no entanto, ela respirou aliviada, demonstrando que, se por um lado lamentava nossa ruína, por outro estava contente em constatar que seu pai não era o responsável pelo desastre.

– Já que o salário de Trotwood só dá para não morrermos de fome, como ele mesmo disse, temos de alugar a casa de Dover – titia ponderou. – Mesmo assim, vamos viver apertados...

Ficamos pensativos por alguns instantes, e de repente

Agnes me perguntou se eu podia dispor de algumas horas por dia.

– Claro – respondi. – Meu expediente no escritório vai das nove às cinco. Por quê?

– Porque você poderia ajudar o dr. Strong – minha amiga explicou. – Ele fechou a escola, mudou-se para Londres e está escrevendo um livro. Ele trabalha justamente de manhã cedo, até umas nove horas, mais ou menos, e no fim da tarde, até umas sete. E ainda outro dia escreveu para meu pai, pedindo que lhe indicasse um secretário. Não lhe parece um emprego ideal? – completou, porém, antes que eu pudesse expressar minha opinião, bateram na porta. – Deve ser meu pai – Agnes falou. – Combinamos que ele viria me buscar.

Com efeito, era o sr. Wickfield, acompanhado de Uriah Heep. Parecia muitos anos mais velho: seus olhos vermelhos denunciavam uma ressaca violenta, e suas mãos tremiam de um modo aflitivo.

– Acabei de contar para as crianças como perdi meu dinheiro porque você estava ficando enferrujado para tratar de negócios, e Agnes nos apresentou uma solução excelente para aliviar nossa penúria – minha tia lhe informou. – Essa menina vale ouro!

O sr. Wickfield se manteve em silêncio, parado na soleira da porta, como se esperasse algum comando da raposa ruiva para abrir a boca ou mover um músculo. Sua submissão àquele crápula me chocou profundamente, ainda mais que ele parecia ter plena consciência de sua triste situação.

– Se me permite um humilde comentário, concordo plenamente – Uriah Heep interveio, adiantando-se para apertar a mão de tia Betsey. – Como tem passado, srta. Trotwood?

– Como acha que uma velha arruinada poderia passar? – ela replicou.

– Talvez se possa resolver seu problema – grunhiu a hedionda criatura. – Nossa firma – prosseguiu, enfatizando o possessivo – tem feito milagres. Não é verdade, meu sócio?

– Graças a você – o sr. Wickfield respondeu numa voz monótona e inexpressiva. – Uriah Heep é um grande advogado – acrescentou, dirigindo-se a nós. – É uma honra para mim tê-lo como sócio.

O calhorda o obrigara a dizer isso, eu sabia, para nos demonstrar a fraqueza do pobre homem e o poder que tinha sobre ele. Ah, que vontade de saltar sobre seu pescoço esquelético e esganá-lo...

19

Trabalho duro

Agora eu me levantava às cinco da manhã, trabalhava como secretário do dr. Strong das seis às nove, corria para o escritório do sr. Spenlow, onde copiava documentos até as cinco da tarde, e estudava taquigrafia até as oito da noite.

Eu consultara Traddles sobre a possibilidade de ocupar minhas poucas horas vagas – e reforçar meu parco orçamento – registrando as sessões do Parlamento para os jornais. Ele aplaudiu a ideia, mas me avisou que eu teria necessariamente de saber estenografia para poder anotar os debates à medida que se desenrolavam, sem perder uma palavra.

Em meio a essa roda-viva, eu ainda encontrava tempo para visitar minha amada, que continuava hospedada na casa da srta. Mills, porém demorei para lhe perguntar se era capaz de amar um mendigo.

Coitadinha! Para ela a palavra "mendigo" evocava um sujeito esquálido e banguela, uma cara murcha e suja, um par de muletas ou uma perna de pau, um cachorro vira-lata, uma gamela com umas moedas jogadas a esmo pelos transeuntes.

– Como pode me perguntar uma bobagem dessa? – ela falou. – Imagine... Amar um mendigo!

Expliquei-lhe que o mendigo era eu, mas Dora sacudiu seus belos cachos, incrédula, e por duas vezes ameaçou mandar Jip me morder por insistir em tamanho absurdo. Tive de me esforçar muito para fazê-la ouvir o breve discurso que eu passara dias elaborando mentalmente:

– Você sabe que a amo e que não suportaria perdê-la. Mas não acho justo conservá-la presa a um compromisso que você assumiu quando eu estava bem de vida e tinha alguma coisa para lhe oferecer. Não sei quando poderei sustentar uma casa, mas estou trabalhando duro, com uma determinação que só os apaixonados conhecem. E garanto-lhe que não há de nos faltar um naco de pão. De qualquer modo, você está livre para decidir se quer manter o noivado.

– Claro que quero! – ela respondeu sem hesitar. – Mas não me assuste com essa história de mendigo, trabalho duro, naco de pão... Jip não come pão! Jip só come carne!

Comovido com seu jeito infantil e lamurioso, beijei-lhe as mãos inúmeras vezes e lhe assegurei que Jip teria sua ração diária de carne. Entretanto, não pude deixar de pensar que ela não estava sendo realista e tentei incutir algum senso prático em sua cabecinha. Lembrando-me de coisas que, durante anos, vira minha mãe, Pegotty, tia Betsey e Agnes fazerem, propus-lhe que observasse de perto a governanta, para aprender a organizar as tarefas da semana. Pedi-lhe que se aventurasse um pouco na cozinha, preparando receitas simples de um livro de culinária que eu pretendia lhe dar. Sugeri-lhe que examinasse a contabilidade doméstica de seu pai e procurasse cultivar o hábito de anotar despesas, para poder, mais tarde, administrar nosso orçamento.

Dora me escutou em silêncio, limitando-se a balançar seus cachos dourados e a fazer beicinho para demonstrar o horror que minhas propostas lhe causavam – e que culminou quando mencionei a contabilidade. Então ela desatou a chorar convulsivamente e gaguejou, entre soluços de cortar o coração:

– Vá em... em... embo... embora, po... por fa... fa... vor...

Atônito com sua reação, implorei-lhe que se acalmasse e me pus a andar de um lado para o outro, procurando uma coisa qualquer que pudesse lhe dar para aliviar sua aflição. Certo de que a caixa de costura que estava numa mesa de canto era um estojo de medicamentos, revirei-a de alto a baixo, esparramando pelo chão uma infinidade de novelos, retroses, agulhas, alfinetes. Jip latia sem parar e corria atrás de mim como um louco, tão alvoroçado quanto eu.

Em meio a essa barafunda, a srta. Mills entrou na sala e, ao ver o que eu acabara de fazer, censurou-me asperamente. Depois levou Dora para lavar-lhe o rosto com água de rosas e servir-lhe um chá de tília.

Continuei andando de um lado para o outro, furioso comigo mesmo, chamando-me de brutamontes, besta selvagem, cretino, idiota e por aí afora. No entanto, quando voltaram, as duas estavam tão tranquilas e contentes como se nada tivesse acontecido. E o resto da tarde transcorreu agradavelmente, até que, ao me despedir, deixei escapar que me levantava às cinco da manhã.

— Que absurdo! — minha deusa exclamou. — Isso não é hora de se levantar!

20

"Estar por cima"

A morte repentina do sr. Spenlow foi um choque para todos nós. Ele havia saído do escritório mais cedo para ir buscar a filha na casa de seu amigo Mills e nunca chegou a seu destino: um infarto fulminante o liquidou no trajeto.

Dias depois do enterro, seus assessores reviraram as gavetas e, ao contrário do que esperavam, não só não encontraram nenhum testamento, como constataram que seus negócios estavam na mais completa desordem. Quando conseguiram destrinchar a confusão, descobriram que o sr. Spenlow gastava mais do que ganhava e deixara tantas dívidas que, para saldá--las, teriam de vender a maior parte de seus bens.

Felizmente minha fada não tomou conhecimento de sua situação financeira, nem assistiu à venda de suas propriedades. Logo após o funeral, as duas irmãs solteironas de seu pai a levaram para morar com elas, num bairro afastado, e a mantiveram na ignorância de todos os trâmites legais. Eu lhes agradeci mentalmente por isso, mas as amaldiçoei de todo o coração por se recusarem a reconhecer nosso noivado.

– Elas proibiram Dora de recebê-lo – a srta. Mills me informou.

Meu sofrimento era tão óbvio que, temendo que eu mergulhasse na mais profunda depressão, tia Betsey me pediu que fosse até Dover ver como estavam as coisas em sua casa e sugeriu que aproveitasse a viagem para visitar o sr. Wickfield em Canterbury. Não percebi então que se tratava de um pretexto para me afastar de Londres e me poupar de ficar espreitando o casarão das duas solteironas, ansioso para avistar minha ninfa na janela ou no jardim, ainda que de longe.

Certo de que estaria prestando um favor a minha tia, pedi uma semana de licença ao dr. Strong e parti.

Em Canterbury, tive uma enorme surpresa ao deparar com o sr. Micawber. Ele me contou que, a conselho de sua esposa, havia publicado um anúncio no jornal, oferecendo seus "múltiplos talentos", e que Uriah Heep lera o anúncio e o contratara como seu secretário particular.

– E, ainda por cima, nos alugou sua antiga casa por uma ninharia – acrescentou. – Grande homem, esse sr. Heep! Um amigo de verdade, que tive a sorte de encontrar quando já estava perdendo as esperanças de melhorar de vida.

A última coisa que eu queria era ouvir elogios a Uriah Heep e, para mudar de assunto, perguntei-lhe se tinha algum contato com o sr. Wickfield.

– Quase não o vejo – ele respondeu. – O sr. Wickfield é um homem de excelentes intenções, mas é obsoleto.

– Receio que o sócio procure torná-lo obsoleto – resmunguei.

– Quanto a isso não me cabe dizer nada – o sr. Micawber falou, visivelmente constrangido. – Quer que o leve à presença do sr. Wickfield?

– Não se incomode, conheço o caminho – repliquei, sentindo uma barreira entre nós, e subi, apressado.

A velha sala do primeiro andar estava vazia. Abri a porta que sempre me pareceu secreta e entrei na saleta que ainda pertencia a Agnes. Ela estava lendo, junto à lareira, e se levantou para me receber com o carinho de hábito.

– Que bons ventos o trazem, Trotwood?

Não pude deixar de sorrir, ao ouvi-la repetir a mesma pergunta que seu pai fizera a minha tia, anos antes.

Depois de lhe explicar o pretenso motivo de minha viagem, falei-lhe sobre Dora e a difícil situação em que me encontrava. Minha querida amiga me aconselhou a escrever para as solteironas, solicitando uma entrevista para lhes expor minhas sérias intenções.

– Quer que o ajude? – ofereceu-se, com sua infalível bondade.

Sentamo-nos lado a lado e começamos a redigir a carta, tão crucial para mim, porém não conseguimos terminá-la, pois a sra. Heep invadiu nosso cantinho para "humildemente" pedir a Agnes que a acompanhasse até a modista.

Ainda bem que já havíamos escrito o bastante para eu concluir a redação sozinho. Então dobrei a carta, guardei-a no bolso e saí para caminhar. Não havia andado nem cem metros, quando Uriah Heep surgiu diante de mim, como um fantasma, e anunciou que precisava muito conversar comigo em particular.

– Não pode ser uma outra hora? – perguntei, com toda a delicadeza de que fui capaz. – Eu pretendia refletir um pouco sobre...

– Desculpe, menino Dav... digo, sr. Copperfield – ele me interrompeu –, mas receio que não tenhamos outra oportunidade, já que o senhor raramente se afasta da srta. Wickfield.

Havia em sua voz de taquara rachada uma raiva surda, e, lembrando-me do pedido que minha doce amiga me fizera, quase mordi a língua para não lhe dar uma resposta arrevesada.

– Devo confessar que me aborrece muito sua intimidade com a srta. Wickfield – ele continuou. – O senhor é um rival perigoso. Sempre foi.

Tamanho disparate me fez rir com gosto, apesar de toda a minha irritação com sua presença detestável, apesar de toda a minha angústia por estar longe de Dora. Depois, contendo-me a custo para não lhe jogar na cara que ninguém poderia ser seu rival, já que Agnes nunca o aceitaria sequer como pretendente, expliquei-lhe que a srta. Wickfield era uma irmã para mim e, num rasgo de generosidade que ele não merecia, informei-lhe que estava noivo de outra moça.

Visivelmente aliviado, Uriah mais uma vez me falou de seu amor por ela e, ato contínuo, passou a matraquear sobre sua deplorável formação:

– Desde criança aprendi a ser humilde. A tirar o chapéu

para este, a curvar a cabeça para aquele. A reconhecer meus superiores, que são muitos! Minha humildade me rendeu medalhas e elogios e a chance de conviver com as altas rodas, sem a ilusão de abandonar minha condição subalterna. "As pessoas gostam de estar por cima", meu pai dizia. "Fique por baixo e você vai se dar bem na vida." Até hoje sou muito humilde, mas aprendi o valor da humildade e conquistei uma posição de poder.

Nunca duvidei de sua mesquinharia, de sua astúcia, de sua maldade; mas só agora, ao constatar que seu discurso tinha o único objetivo de me mostrar sua firme determinação de usar seu poder para "estar por cima" e, assim, recompensar-se por ter rastejado a vida inteira, percebi, com toda a clareza, o espírito implacável e vingativo que esse aprendizado da falsa humildade engendrara.

21

Fúria impotente

Se foi a notícia de que eu estava noivo ou o prazer de afirmar sua posição de poder, não sei. O fato é que, durante o jantar, a raposa ruiva estava extremamente animada. Falou pelos cotovelos, perguntou à mãe se já não estava em idade de casar e mais tarde, quando Agnes e a sra. Heep se recolheram, propôs uma série de brindes: à saúde de seu "querido sócio", ao sucesso profissional de seu "caro amigo Copperfield", ao noivado do "menino David", à prosperidade da firma que frisava ser "nossa". A cada brinde, limitava-se a tomar apenas um gole, porém incitava o sr. Wickfield a esvaziar o cálice e apressava-se a enchê-lo de novo.

Eu observava suas manobras com ganas de apertar-lhe os maxilares para obrigá-lo a manter a boca aberta, como se faz com os gatos para lhes dar remédio, e despejar toda a garrafa de vinho do Porto por sua maldita goela abaixo. Entretanto, meus bons princípios mais uma vez prevaleceram, e me abstive de agir.

– À saúde de Agnes! – Uriah brindou. – À saúde da mulher que adoro! Ser pai daquela joia é motivo de orgulho, mas ser marido...

Deus me livre de ouvir de novo um grito tão horrendo como o que o sr. Wickfield soltou nesse instante, levantando-se de um pulo.

– Qual é o problema? – Uriah lhe perguntou cinicamente. – Tenho tanto direito de me casar com ela quanto qualquer outro. Aliás, tenho mais direito que qualquer outro – ressalvou.

O sr. Wickfield ergueu as mãos trêmulas, e, ao perceber que pretendia golpear a raposa ruiva, saltei sobre ele e o segurei com toda a força, para evitar que cometesse tamanha loucura.

— Acalme-se, por favor — pedi-lhe. — Pense em Agnes. Pense que uma agressão contra seu sócio iria agravar a situação.

Tanto falei, tanto implorei que pouco a pouco ele parou de se debater e me fitou, a princípio com estranheza, depois com reconhecimento.

— Eu sei, Trotwood — murmurou, com uma voz pastosa. — Mas olhe para esse crápula! — E apontou Uriah, que, pálido de susto, encolhera-se num canto da sala. — Olhe para meu carrasco. Por causa dele perdi tudo... minha paz de espírito, meu sossego, meu lar, minha reputação... Eu confiava nesse canalha, e ele me traiu... Ele...

— Melhor fazê-lo parar, Copperfield — Uriah berrou, brandindo seu dedo esquelético em minha direção. — Ele vai se arrepender do que está para dizer, e você vai se arrepender de ter ouvido!

O sr. Wickfield se jogou na poltrona, os braços caídos, as veias do pescoço latejando de tal modo que pareciam prestes a estourar.

— A que ponto cheguei... — suspirou e, escondendo o rosto entre as mãos, pôs-se a chorar.

Atraída pelos berros de Uriah Heep, Agnes entrou na sala, sem um vestígio de cor no rosto, e aproximou-se do pai para lhe pedir docemente que a acompanhasse.

Fazendo um esforço sobre-humano para se controlar, o pobre velho se levantou, cambaleante, e deixou-se conduzir pelo braço, como um enfermo. Pensei em me oferecer para ajudá-lo, mas ocorreu-me que minha oferta só aumentaria sua humilhação e me limitei a aguardar que se afastassem para me retirar também, sem me despedir da raposa ruiva.

22

Marcha nupcial

Finalmente as tias de Dora se dignaram a me receber. Depois de me ouvir por mais de meia hora, retiraram-se para discutir o assunto e, ao retornar, declararam solenemente que acreditavam em minhas boas intenções e que me concediam permissão para visitar sua sobrinha, na condição de pretendente, em determinados dias da semana.

– Assim poderemos observar seus sentimentos para decidir se aprovamos ou não esse noivado – tia Lavínia explicou.

– O senhor fala muito em amor – observou tia Clarissa –, mas em meu entender o amor verdadeiro não se apregoa. O amor verdadeiro é discreto, retraído...

– Às vezes até se mantém em silêncio a vida inteira... – tia Lavínia suspirou.

"Que ideia mais estapafúrdia...", pensei. Para mim era simplesmente impossível amar como eu amava e não querer gritar esse amor nos ouvidos do mundo, porém me abstive de expressar minha opinião. Não faria o menor sentido contrariar aquelas senhoras tão gentis, que mereciam todo o meu respeito e, principalmente, toda a minha gratidão, por terem me outorgado o privilégio inestimável de ver minha ninfa com relativa frequência.

O sucesso de minha entrevista com as tias de Dora me animou a redobrar meus esforços. Demorei alguns meses para desvendar os mistérios da taquigrafia e então comecei a ganhar um bom dinheiro com os registros das sessões do Parlamento, que vendia para um jornal matutino.

Eu ainda trabalhava como secretário do dr. Strong e passei a escrever nas horas vagas. Joguei fora muitas páginas até elaborar um conto que considerei digno de submeter à apreciação de um editor. E tive sorte, pois meu texto agradou em cheio e logo foi publicado numa revista de grande circulação, dando início a uma carreira que, mais tarde na vida, haveria de me proporcionar fama, dinheiro e prestígio.

Ao cabo de algum tempo, ganhava o suficiente para começar a concretizar meu sonho de amor. Aluguei duas casas no bairro do dr. Strong: uma para minha tia, com quem eu ficaria morando até o casamento, e outra para mim e Dora.

Montar essa segunda casa foi um verdadeiro milagre, pois, se íamos comprar um fogão ou uma vassoura, minha deusa via um bibelô ou um jarro que lhe parecia bem mais interessante, e acabávamos sacrificando o útil ao agradável. Um dia saímos para escolher um sofá, e ela preferiu adquirir um canil, uma imitação de pagode chinês, com sininhos na entrada que tilintavam toda vez que Jip entrava ou saía.

E enfim chegou o grande dia. Acordei bem cedo (se é que realmente dormi) e encontrei minha tia já arrumada, com um vestido de seda lilás e um chapéu de palha branco. Pegotty viera de Yarmouth dias antes, para nos ajudar nos preparativos, e também estava de pé, com seu melhor traje de domingo e seu singelo gorro de tricô. Traddles apareceu pouco depois, todo emproado num terno de casimira azul-marinho que mandou fazer especialmente para a ocasião (ele já havia terminado de montar sua própria casa e podia se dar ao luxo de gastar uma pequena fortuna com alfaiate).

A caminho da igreja vi diversas pessoas que estavam abrindo suas lojas, varrendo suas calçadas, carregando suas compras, e tive vontade de gritar para que abandonassem seus afazeres e corressem a assistir àquele casamento de conto de fadas.

O que aconteceu depois ficou em minha lembrança como um sonho mais ou menos desconexo. Um organista invisível executou a marcha nupcial. Dora entrou na igreja resplandecente, conduzida pelo sr. Mills. Alguns pescadores de Yarmouth estavam sentados na primeira fila, e um deles exalava um forte cheiro de rum. Ajoelhamo-nos diante do altar. O sacerdote deu início à cerimônia. Tia Lavínia começou a soluçar, e tia Clarissa lhe deu sais para cheirar. Tia Betsey se esforçou para se apresentar como um modelo de firmeza, porém não conseguiu conter as lágrimas. Dora tremeu o tempo todo e formulou suas respostas em sussurros quase inaudíveis.

Terminada a cerimônia, olhamos um para o outro, quase explodindo de felicidade, assinamos nossos nomes no livro de registro e saímos. Com minha esposa apoiada em meu braço, desfilei orgulhoso pelo corredor central, em meio a uma névoa em que distingui vagamente uma profusão de rostos emocionados, bancos, púlpitos, imagens de santos, vitrais, tênues recordações da pequena igreja de minha infância. "Que belo casal!", ouvi uns e outros comentarem. "Que linda noivinha!"

Uma imponente carruagem nos transportou à casa da srta. Mills, onde foi servido um lauto café da manhã. Comi e bebi de tudo um pouco, mas nada tinha sabor. Recebi cumprimentos entusiásticos, emocionados, animadores. Pronunciei um discurso sem a mínima ideia do que pretendia dizer. Jip comeu do bolo de casamento. Dora trocou de roupa. Partimos.

– Está feliz agora? – minha sílfide me perguntou, quando nos distanciamos. – Tem certeza de que não vai se arrepender?

23

Lar, doce lar

Era extraordinário ter Dora sempre perto de mim e não precisar sair para visitá-la, nem criar oportunidades de ficar a sós com ela. À noite, quando estava escrevendo, erguia os olhos e quase me surpreendia ao vê-la sentada na poltrona oposta à minha. Demorei para me acostumar com o fato de que morávamos na mesma casa e não tínhamos de agradar ninguém, a não ser um ao outro.

Arrumamos uma empregada que se chamava Mary Anne e foi o motivo de nossa primeira briga. Essa moça não tinha noção de tempo e invariavelmente servia as refeições fora de hora. Um dia me cansei de esperar e reclamei com Dora, que, ocupada em desenhar mais um retrato de Jip, limitou-se a olhar o relógio da sala e dizer que devia estar adiantado.

– Ao contrário, meu amor – repliquei, consultando meu relógio de bolso –, está alguns minutos atrasado.

Tentando me distrair, minha mulherzinha abandonou seu desenho, sentou-se em meu colo e, com o lápis, traçou uma linha bem no meio de meu nariz.

– Você devia chamar a atenção de Mary Anne – sugeri, implacável.

– Oh, não me peça isso, por favor! Não posso! – Dora exclamou.

– Por que não, meu amor?

– Porque sou uma bobinha, e ela sabe disso.

Achei sua resposta tão incompatível com a implantação de qualquer sistema de controle sobre Mary Anne que não consegui disfarçar minha profunda contrariedade e instintivamente franzi a testa.

– Ih, que ruga feia... – Dora murmurou e delineou a marca em minha testa. – Não gosto quando você faz essa cara séria...

Sem dizer nada, levantei-me, segurando-a nos braços, e coloquei-a na poltrona ao lado da minha. Depois tirei-lhe o lápis da mão e agachei-me diante dela.

– Às vezes temos de ser sérios – falei. – Você concorda que não é nada agradável sair para trabalhar sem ter almoçado?

– Cla... claro... – minha fada gaguejou. – Mas, por favor, não ralhe comigo... – suplicou, com seu beicinho adorável.

– Não estou ralhando com você, meu bem – retruquei, acariciando suas mãos macias. – Só quero que você pense...

– Detesto pensar! – ela me interrompeu. – Não me casei para pensar. Se você pretendia me fazer pensar, devia ter me avisado... Você me enganou! Você é mau!

Procurei tranquilizá-la, porém ela me virou o rosto e, balançando vigorosamente seus cachos dourados, repetiu diversas vezes que eu era mau.

– Escute, minha querida... – comecei.

– Não sou sua querida e não vou escutar nada! – ela me interrompeu novamente e retirou-se da sala, chorando alto como uma criança.

Nesse instante, a empregada anunciou que o almoço estava na mesa, porém eu já havia perdido o apetite e, como não queria perder também parte dos debates que devia registrar, saí para trabalhar com o estômago vazio e a consciência pesada.

À noite, antes de ir para casa, fui visitar tia Betsey para descrever-lhe meu primeiro arrufo conjugal e pedir sua orientação.

– Você escolheu livremente – ela me falou, e por uma fração de segundo uma nuvem sombreou-lhe o rosto – e teve a sorte de escolher uma criatura muito bonita, meiga, afetuosa, delicada... Procure valorizar mais as qualidades que ela tem e lamentar menos as que ela não tem. Você também não é perfeito... – acrescentou. – Ninguém é. Só com o tempo e com boa vontade, cada um de vocês poderá se aprimorar e contribuir para o aprimoramento do outro e aprender a conviver com suas respectivas falhas. Se conseguirem, seu casamento será um paraíso; se não, será um inferno. E, se ficarem no meio do caminho, será um limbo, sem alegria nem tristeza. Pense bem nisso, meu filho. E agora vá para casa. Sua mulher o espera – concluiu.

Realmente, assim que abri a porta da frente, Dora se lançou em meus braços e chorou em meu ombro e me pediu perdão por ter sido infantil e me prometeu que iria se desdobrar para se tornar uma boa dona de casa. Eu também lhe pedi perdão por ter sido tão duro e lhe jurei que dali para a frente me empenharia mais para cultivar a virtude da paciência. Assim fizemos as pazes e combinamos que nossa primeira desavença seria a última, ainda que vivêssemos cem anos.

Já no dia seguinte minha ninfa começou a se esforçar para cumprir a promessa. Acordou cedo, preparou meu café da manhã, colocou flores frescas nos vasos, remendou o livro de culinária que eu lhe dera quando éramos noivos e que Jip tinha rasgado e comprou um caderno para registrar a contabilidade doméstica. Quanto a planejar orçamento e anotar ganhos e gastos não havia problema; as dificuldades estavam em fazer contas. Então a pobrezinha se desesperava, e eu invariavelmente tinha de interromper meu trabalho para ajudá-la.

Agora eu escrevia muito, e essas interrupções evidentemente me desgastavam. O resultado era que, quando ela ia dormir, exausta porém certa de que havia cumprido suas tarefas, eu ficava me esfalfando até altas horas para honrar meus compromissos com meus editores.

Às vezes eu pensava que seria mais feliz se minha esposa fosse mais forte, mais firme, mais independente, mais capaz de preencher um vazio que parecia crescer dentro de mim. E me surpreendia perguntando a mim mesmo como seria minha vida se Dora e eu nunca tivéssemos nos conhecido.

24

Boas notícias

Dois anos depois que nos casamos, Dora ainda continuava se esforçando, sem sucesso, para ser uma boa dona de casa, e eu continuava arcando sozinho com o peso de todas as nossas preocupações e de todos os meus projetos.

A essa altura, já havia publicado dois livros, amados pelo público e elogiados pela crítica, e me encontrava em excelente situação financeira. Mas então a saúde delicada de minha esposa-criança começou a declinar a olhos vistos. Havia dias em que ela se sentia tão fraca que não conseguia se levantar da cama. E ao cabo de algumas semanas, ainda que tivesse forças, não podia se levantar, pois as pernas não lhe obedeciam. Passei a carregá-la para baixo todas as manhãs e para cima todas as noites. Ela se aninhava em meu peito e, brindando-me com seu sorriso luminoso, garantia-me que logo voltaria a andar e então faríamos uma bela viagem.

– Jip vai com a gente – dizia. – O coitadinho não sai mais de casa e está ficando muito preguiçoso...

– O problema desse cachorro é a idade – minha tia comentou numa dessas ocasiões.

– A senhora acha? – Dora se surpreendeu. – Nunca pensei que meu Jipinho fosse envelhecer...

Às vezes, ao carregá-la, eu sentia que ela estava mais leve, e minha sensação de vazio se intensificava horrivelmente, como se estivesse me aproximando de um deserto gelado, invisível, assustador.

Em tais circunstâncias, dois fatos contribuíram para me tirar por algum tempo do estado quase permanente de angústia em que eu vivia. Um deles se refere ao sr. Micawber. Ele me enviou uma longa carta, falando de "coração despedaçado" e de "taça cheia até a borda" e pedindo que dali a uma semana fosse encontrá-lo em Canterbury, juntamente com minha tia e Traddles.

Eu ainda estava tentando entender o sentido de sua estranha mensagem, quando ocorreu o segundo fato, que representou um raio de sol na fria escuridão de minha tristeza. O sr. Pegotty me visitou certa manhã. Parecia vinte anos mais velho, ganhara mais uma quantidade de rugas, tinha o rosto queimado de sol e os cabelos desgrenhados, porém exibia um brilho intenso nos olhos e um sorriso radiante. Havia encontrado Emily!

Incapaz de dizer o que quer que fosse, abracei-o fortemente, chorando de alegria, e durante alguns momentos permanecemos em silêncio. Quando consegui recuperar o uso da palavra, convidei-o a sentar-se, pedi-lhe que me contasse tudo e o escutei profundamente comovido, sem interrompê-lo uma única vez.

– Eles foram para o exterior – o sr. Pegotty começou. – Estiveram na França, na Suíça, na Itália... Steerforth gostava de Emily e a tratava muito bem, mas se irritava quando a coitadinha se punha a chorar com saudade da gente ou cobrava o casamento que ele lhe prometera. E aí os dois começaram a brigar com frequência. E uma noite, depois de uma discussão mais azeda, o pilantra fez a mala e partiu. Chorando e chamando-o sem parar, Emily correu atrás da sege até cair, sem forças, na beira da estrada. Choveu muito nessa noite, mas ela ficou caída na lama, arrasada, sem ânimo para mover um dedo. De manhãzinha, um casal de camponeses que ia vender suas verduras na feira a encontrou e levou-a para sua chácara. Emily ardia em febre e passou vários dias na cama, delirando. Quando sarou, graças a Deus botou a cabeça no lugar e resolveu voltar para casa. O filho desses camponeses era marinheiro e, com pena de minha sobrinha, escondeu-a entre os fardos, no porão do navio em que trabalhava e que, por sorte, aportara dias antes e agora estava de partida justamente para Dover. Tudo correu às mil maravilhas, só que, ao desembarcar, Emily teve medo de não ser perdoada... – O sr. Pegotty balançou a cabeça, incrédulo. – Imagine se não havíamos de perdoá-la... – comentou e, após uma breve pausa, prosseguiu: – Por causa desse medo absurdo ela veio para Londres. E perambulou pelas ruas durante uma semana, até que arrumou emprego numa taberna e alugou um quartinho num cortiço... Alguma coisa me dizia que, se voltasse para a Inglaterra, ela haveria de vir para cá. Como não tinha muita instrução, só poderia mesmo conseguir um trabalho modesto e morar num bairro pobre. Por isso andei vasculhando todas as espeluncas desta cidade e foi no cortiço que a encontrei... – completou. – Agora resolvemos ir para a Austrália, onde ela poderá refazer sua vida. Quem sabe se não lhe aparece um homem bom, que a ame o bastante para desconsiderar seu mau passo e a proteja quando eu deixar este mundo?

– Há de aparecer – murmurei, desejando de todo o coração que sua esperança se concretizasse.

25

A raposa encurralada

Seguindo de forma rigorosa as instruções do sr. Micawber, partimos para Canterbury na primeira diligência da manhã, largamos nossas valises no primeiro hotel que avistamos e tocamos para a casa do sr. Wickfield. Minha tia e eu estávamos ansiosos para conhecer o motivo de nossa viagem, porém Traddles parecia tranquilo; aliás, não demonstrou a mínima curiosidade quando lhe dei a carta para ler, nem estranhou ter sido convocado ao encontro.

O próprio sr. Micawber nos atendeu, muito pálido e mais empertigado que nunca. Depois de nos cumprimentar rapidamente, levou-nos para o escritório de Uriah Heep, anunciou nossa presença em alto e bom som e se afastou.

A raposa ruiva se espantou a tal ponto com nossa chegada que franziu a testa até seus olhinhos quase se fecharem, mas logo se recompôs e assumiu sua costumeira atitude de bajulação e falsa humildade.

– Que grata surpresa! – exclamou, levantando-se para nos estender sua mão comprida e molenga. – A que devo o prazer de tão honrosa visita?

Nesse exato momento o sr. Micawber retornou, conduzindo Agnes e portando uma régua de madeira que devia medir meio metro. A um sinal seu, quase imperceptível, Traddles saiu tão sorrateiramente que ninguém notou, exceto eu.

– O senhor pode ir – Uriah grunhiu para seu secretário e, como o outro continuasse plantado no vão da porta, feito um poste, repetiu: – Eu disse que o senhor pode ir.

– E eu ouvi perfeitamente – o sr. Micawber replicou, sem arredar pé.

– Então... o que está esperando?

– Que a plateia esteja completa para me ver arrancar sua máscara, canalha! – o sr. Micawber explodiu, vermelho de raiva.

Uriah empalideceu e correu os olhos pela sala, por nossos rostos cheios de expectativa e tão perplexos quanto o seu.

– Mas... o que significa isso? – rosnou. – Oh, é uma conspiração! – deduziu, após alguns segundos, e, apontando-nos com o dedo em riste como se empunhasse uma espingarda para nos fuzilar, sibilou: – Pensem duas vezes antes de levar adiante essa palhaçada, porque...

Traddles entrou no escritório, trazendo a sra. Heep pelo braço, e o impediu de formular sua ameaça.

– Tomei a liberdade de me apresentar à senhora sua mãe – declarou.

– Quem é você para se apresentar? – o canalha rugiu.

– Sou advogado do sr. Wickfield – meu amigo explicou num tom absolutamente profissional – e tenho uma procuração assinada por ele, autorizando-me a agir em seu nome em todos os assuntos.

– O burro velho bebeu tanto que caducou – Uriah comentou entre dentes. – E você usou de fraude para obter essa procuração.

– Eu sei muito bem quem usou de fraude – Traddles retrucou –, mas vou deixar esse assunto para o sr. Micawber.

– Pois então desembuche, Micawber – a raposa ruiva ordenou.

Brandindo a régua vigorosamente como se fosse um porrete, o sr. Micawber deu um passo à frente, tirou do bolso um verdadeiro calhamaço e desdobrou-o com um gesto teatral.

– "Prezada srta. Trotwood, prezados senhores" – leu em voz alta. – "Ao comparecer em sua presença para denunciar o mais consumado vilão que já existiu no mundo..."

Ao ouvir essas palavras, Uriah Heep deu um salto para pegar os papéis, porém o sr. Micawber foi mais rápido e sentou-lhe a régua na mão com toda a força.

– Não se atreva a me interromper de novo, se não quer que lhe quebre a cabeça – trovejou e, recompondo-se com visível dificuldade, retomou sua leitura: – "Ao comparecer em sua presença para denunciar o mais consumado vilão que já existiu no mundo, não peço consideração para mim. Vítima de percalços financeiros que me acompanham desde o berço, tenho levado uma existência de ignomínia, penúria, desespero, loucura. Pensei que me livraria para sempre de tais flagelos quando ingressei na firma denominada Wickfield e Heep, porém na verdade gerida só por Heep, mas me enganei redondamente, como posso comprovar. O salário estabelecido por Heep, ao qual se acrescentaria uma espécie de bônus pelo valor de meus préstimos profissionais, logo se revelou insuficiente para atender às necessidades de minha família, e precisei pedir adiantamentos. Foi então que Heep passou a me confiar serviços de falsificação em detrimento do sr. Wickfield, que era mantido na ignorância de tudo isso. Minha intenção não é detalhar aqui os pequenos delitos cometidos contra o sr. Wickfield, os quais tenho listados minuciosamente num documento à parte, e sim denunciar os graves delitos que tratei de descobrir tão logo cessou minha luta interior entre consciência e sobrevivência. Ao longo de doze meses, empreendi clandestinamente uma exaustiva investigação que me autoriza a pronunciar contra Heep as seguintes acusações."

O sr. Micawber pigarreou ruidosamente e, agitando a régua de um jeito tão ameaçador quanto ridículo, continuou:

– "Primeiro: sabendo que o sr. Wickfield infelizmente sofre de alcoolismo, Heep mantinha uma garrafa de vinho do Porto no escritório e o incentivava a beber às escondidas."

– Então era isso... – Agnes sussurrou, estupefata.

Entendi muito bem sua perplexidade, pois durante anos acompanhara sua luta inglória para tentar controlar o consumo de álcool por parte do pai. Fiquei dividido entre a vontade de correr para ela e abraçá-la com todo o carinho e a gana de avançar sobre a raposa ruiva e quebrar-lhe a cara literalmente. Por sorte o sr. Micawber prosseguiu com sua leitura, e não tive de optar entre meus dois desejos.

– "Segundo: ciente de que o sr. Wickfield não estava em condições de raciocinar com clareza, em várias ocasiões Heep o fez assinar documentos importantes, que envolviam grandes somas de dinheiro e até mesmo a propriedade de bens móveis e imóveis. Terceiro: também em várias ocasiões Heep fez o sr. Wickfield autorizar o pagamento de contas que já haviam sido pagas ou se referiam a despesas inexistentes e, assim, realizou diversos saques bancários que foram parar em seu próprio bolso. Quarto: Heep forjou escrituras, contratos de compra e venda, extratos de investimentos, recibos de aplicações em empresas fictícias e com isso logrou vários clientes antigos do sr. Wickfield, como a srta. Betsey Trotwood, aqui presente."

Ao mencionar o nome de minha tia, o sr. Micawber apontou-a com a régua, como se nenhum de nós a conhecesse.

– "Em suma, Heep tem se aproveitado das fraquezas, dos defeitos, das virtudes, do amor paterno e do senso de honra do sr. Wickfield para roubá-lo, enganá-lo, envolvê-lo em transações espúrias e finalmente impingir-lhe a sociedade. Comprometo-me a provar tudo isso e possivelmente muito mais. E, para não deixar dúvida sobre a veracidade de minhas denúncias, firmo este documento, que coloco à disposição de todas as vítimas de Heep" – concluiu, dobrando o calhamaço.

Eu estava embasbacado. Não me surpreendi nem um pouco ao ouvir que Uriah facilitava o acesso do sr. Wickfield à bebida. Tampouco me surpreenderia se o sr. Micawber o acusasse de surripiar um mata-borrão ou adulterar a contabilidade para se apoderar de alguns centavos. Mas nunca imaginei que ele se tornaria um delinquente... Seu próximo endereço só poderia ser a prisão...

Em minha pasmaceira, demorei alguns instantes para perceber que minha tia se lançou de repente sobre Uriah Heep e, agarrando-o pela gravata com uma das mãos, pôs-se a estapeá-lo com a outra.

– Então foi você que me roubou esses anos todos! – ela gritou. – Eu bem que desconfiava... Ladrão! Falsário! Devolva o que é meu...

– Calma, srta. Trotwood – Traddles interveio. – Deixe-me cuidar disso em conformidade com a lei, e prometo que em breve a senhora terá seu dinheiro de volta. O dinheiro que investiu sob a suposta orientação do sr. Wickfield, pois, quanto ao resto, infelizmente não se pode fazer nada – ressalvou e, ao vê-la um pouco menos agitada, aproximou-se da raposa ruiva. – Venha comigo – ordenou-lhe. – Vou trancá-lo em seu quarto e vigiá-lo até a polícia chegar.

Uriah nos fuzilou a todos com um olhar faiscante de ódio, porém, ciente de que não lhe restava outra alternativa, obedeceu, cabisbaixo.

Assim que ele saiu, abraçamo-nos, emocionados, e agradecemos ao sr. Micawber o imenso favor que nos prestara. Então Agnes se retirou para contar a novidade ao pai, e minha tia e eu saímos com o sr. Micawber para almoçar em sua casa, que não era longe dali.

Durante a refeição, nosso anfitrião inevitavelmente abordou o problema de seu futuro imediato, e tia Betsey lhe perguntou se já havia pensado em emigrar.

– Emigrar era o sonho de minha juventude e a aspiração de minha maturidade – ele respondeu. – Só não emigro agora mesmo por falta de capital.

– Isso não é problema – disse minha tia. – Depois do bem que o senhor nos fez, nada é mais justo que oferecer-lhe o dinheiro necessário para a viagem e para a instalação num país estrangeiro. Assim que eu recuperar...

– Desculpe – o sr. Micawber interrompeu-a –, mas só posso aceitar sua oferta como um empréstimo, não como um pagamento por meus serviços. Fiz o que fiz por amizade à senhora e ao sr. Wickfield e por amor à justiça.

– Pois que seja um empréstimo – titia concordou. – Para onde o senhor pretende ir?

Se eu tinha alguma dúvida de que a ideia de emigrar nunca passara pela cabeça do sr. Micawber, sua hesitação em responder dissipou-a por completo.

– Bem... – ele começou, coçando a calva.

– Trotwood tem uns amigos que estão de partida para a Austrália – tia Betsey falou. – Por que não vai com eles?

– É... Parece uma boa sugestão... Um país jovem como a Austrália deve ter muitas oportunidades de trabalho para um homem talentoso como eu...

26

Escuridão

Não sei quanto tempo fazia que Dora estava doente. Contando em semanas e meses talvez não fosse muito, mas para mim era uma eternidade. Agora ela não saía mais da cama, e eu procurava ficar a seu lado o máximo possível, em geral contemplando seu rosto sempre sorridente e às vezes tentando trabalhar, sem sucesso.

Os médicos que a examinavam com frequência preveniram-me que minha esposa-criança logo me deixaria, porém até hoje não sei se, na época, assimilei de fato essa triste realidade.

Um dia, ao entardecer, ela me pediu que escrevesse para Agnes e lhe dissesse que queria muito vê-la.

– Sabe, meu amor, não se trata de um capricho – explicou-me com uma seriedade rara em seu semblante. – Eu preciso falar com Agnes. Preciso muito! – enfatizou, quase aflita.

– Vou escrever agora mesmo – prometi.

No entanto, quando fiz menção de me levantar, Dora segurou minha mão.

– Você fica muito sozinho quando está lá embaixo, não é? – perguntou-me ternamente e beijou-me dedo por dedo, com um carinho quase insuportável.

– Como não haveria de ficar, se vejo sua cadeira vazia? – repliquei, esforçando-me para conter as lágrimas.

– Minha cadeira vazia! – ela repetiu e fitou-me em silêncio por alguns instantes, com uma expressão indefinível. – Você sente minha falta... mesmo eu sendo tão boba, tão infantil... – suspirou, sorrindo docemente, e em seguida falou: – Vá, querido, vá escrever para Agnes.

Saí imediatamente e me refugiei em meu escritório para dar vazão à tristeza que me apertava o peito como uma tenaz gigantesca e implacável. Eu estava tão agoniado que, para redigir cinco ou seis linhas, amassei mais de vinte folhas de papel e acabei me resignando em colocar no envelope um bilhete cheio de rasuras e borrões, que não consegui evitar.

Naquela noite, depois do jantar, Dora fez um breve retrospecto de nossa vida em comum e concluiu dizendo:

– Acho que teria sido melhor se tivéssemos namorado por algum tempo e esquecido. Eu não servia para ser esposa de ninguém.

– Temos sido felizes, meu bem – protestei.

– Eu fui muito feliz – ela rebateu, enfatizando o pronome. – Mas não fui uma boa companheira para você. Não soube cuidar da casa... Não soube partilhar suas preocupações, seus problemas, seus projetos...

– Partilhamos a vida – argumentei, beijando-lhe os cachos dourados que minha tia penteava várias vezes por dia.

Ela me afagou o rosto lentamente, com as pontas dos dedos, e durante alguns minutos se manteve em silêncio, pensativa.

– Você escreveu para Agnes? – perguntou por fim.

– Não só escrevi, como já enviei pelo correio noturno.

– Então ela deve estar aqui amanhã à tardinha – Dora calculou. – Tomara que dê tempo...

Eu sabia bem a que ela se referia e, por mais que me esforçasse, não consegui reter um choro doído, que vinha das profundezas de meu ser e que eu nunca havia chorado, nem quando minha mãe morreu.

– Não chore... – Dora murmurou, sonolenta. – Agnes já vai chegar... – acrescentou num fio de voz e fechou os olhos.

Passei a noite em claro, sentado a sua cabeceira, disposto a aproveitar cada momento de sua presença neste mundo. Só me afastei de manhã, para tomar um banho e me vestir com esmero (Dora não gostava de me ver mal-amanhado), enquanto a empregada arrumava o quarto e tia Betsey se encarregava da toalete pessoal de minha pobre ninfa.

Ao longo do dia nos esforçamos para fazê-la tomar um copo de leite, um suco de frutas, uma tigela de caldo, mas não creio que a tenhamos convencido a ingerir o suficiente para alimentar um passarinho.

Era noite alta quando Agnes chegou. Assim que ela entrou no quarto, Dora me pediu que saísse e não interrompesse, "em hipótese alguma", a conversa que pretendia ter com minha querida amiga.

Desci para a sala, arrastando os pés, como um ancião. Tia Betsey havia se recolhido. Jip tentava dormir em sua casinha chinesa. A lua brilhava. Sentei-me junto à lareira, pensando, com remorso, em todos aqueles sentimentos secretos que me atormentavam desde o início de nossa vida conjugal. Teria sido realmente melhor se tivéssemos namorado por algum tempo e esquecido? Até hoje meu indisciplinado coração não me respondeu.

De repente, o velho companheiro de minha esposa- -criança saiu de sua casinha, estranhamente agitado, e, num passo trôpego, foi até a porta. Como a encontrasse fechada, arranhou-a com a pata e ganiu várias vezes, demonstrando claramente que queria subir.

– Hoje não, Jip! – falei. – E talvez nunca mais... – completei, num sussurro.

O cachorro voltou para perto de mim, lambeu-me a mão e me fitou longamente com seus olhos opacos. Pouco a pouco, como se cada movimento lhe custasse um esforço enorme, deitou-se a meus pés, soltou um gemido quase inaudível e morreu.

Nesse momento, Agnes entrou na sala, com o rosto banhado de lágrimas. Não precisou dizer nada.

– Acabou... – murmurei.

A escuridão me envolveu, e durante algum tempo todas as coisas desapareceram de minha memória.

27

Mortos na praia

Agora devo abordar um acontecimento tão indelével, tão terrível, tão ligado a uma infinidade de coisas que o precederam que desde o começo desta narrativa o tenho visto crescer como uma torre, lançando sua sombra até sobre os incidentes de minha mais tenra infância.

Minha tia acabara de voltar para sua velha casa, e Pegotty se prontificara a ajudá-la na mudança. Sozinho em Londres, eu me preparava para iniciar uma longa viagem pelo exterior. Antes de partir, contudo, passei alguns dias em Dover, com aquelas mulheres que eram duas mães para mim, e de lá toquei para Yarmouth, a fim de me despedir de Ham. Peguei a diligência da noite, e lembro que o céu estava carregado e ventava muito. A tempestade nos surpreendeu na estrada, e com tamanha violência que demoramos quase o triplo do tempo normal para chegar a nosso destino.

As ruas estavam desertas. O vento derrubava tabuletas, arrancava telhas, arrastava tudo que encontrava pela frente e trazia em seu uivo um clamor confuso de vozes, gritos, lamentos.

Metade da população estava na praia. Muitas mulheres choravam, desesperadas, porque seus maridos não tinham voltado da pesca. Velhos marinheiros balançavam a cabeça, desolados, e cochichavam entre si. Donos de barcos observavam o mar com binóculos, como generais observando a movimentação do inimigo.

Instintivamente procurei por Ham e, como não o encontrasse, fui ao estaleiro onde ele trabalhava; disseram-me que tinha ido consertar um barco em outra localidade e retornaria na manhã seguinte, com bom tempo.

Rumei para a estalagem e tentei descansar um pouco, porém estava inquieto demais. Desci para tomar um chá no refeitório e me deparei com meia dúzia de serviçais e hóspedes alvoroçados. Soube então que uma escuna procedente da Espanha, carregada de frutas e vinho, naufragara a pequena distância do porto e estava para se despedaçar a qualquer momento.

Corri para a praia e logo avistei a escuna, pendendo para o lado. O mastro havia tombado, e os tripulantes, munidos de machados, esfalfavam-se para cortá-lo a fim de endireitar a embarcação. Entretanto, uma onda cobriu a escuna e arrastou homens e tábuas, barris e cordas, como se fossem brinquedos; só uma figura altiva, de longos cabelos encaracolados, permaneceu no convés, agarrada ao toco do mastro. O sino da escuna tocava como um dobre de finados.

Um grande grito se elevou da praia, acima do uivo do vento e do rugido do mar. A multidão abriu caminho, e Ham se dirigiu para as águas revoltas; um grupo de homens o seguia a certa distância, segurando as pontas das cordas amarradas em seu peito e em sua cintura. O navio se partia ao meio, e a vida do único sobrevivente estava por um fio.

Ham entrou no mar e, lutando contra a fúria da tempestade, sumindo e reaparecendo em meio à espuma turva de areia, aproximou-se da embarcação. Bastavam-lhe algumas braçadas para chegar lá, quando uma onda gigantesca se quebrou sobre ele e despedaçou a escuna. Os homens o puxaram para a praia e tentaram reanimá-lo. Foi inútil: seu coração generoso havia parado de bater. Ajudei a levá-lo para a casa mais próxima, onde o deitamos na cama. Estávamos fazendo uma oração, quando um pescador que me conhecia desde menino pronunciou meu nome e, com lágrimas nos olhos, pediu-me que o acompanhasse.

– Mais um morto? – perguntei, consternado.
– Infelizmente – ele respondeu.
– Alguém que eu conheço?

O pescador baixou a cabeça, em silêncio, e conduziu-me até aquela parte da praia onde Emily e eu catávamos conchinhas. O velho barco que servira de casa para a família do sr. Pegotty fora destroçado pela tempestade. E ali, entre as ruínas do lar que Steerforth destruíra, vi o último ocupante da escuna estendido na areia, com a cabeça apoiada no braço, como tantas vezes o vira dormir em Salem House.

"Pense em mim no que tenho de melhor", ele me pedira um dia. E eu poderia pensar em você de outra forma, Steerforth?

28

Uma descoberta crucial

Passei três anos longe da Inglaterra. Durante meses viajei pela Europa de cidade em cidade, como um fugitivo, sem me demorar em lugar nenhum. Até que, na Suíça, cheguei a um vale esplêndido e tive a esperança de finalmente encontrar alguma paz de espírito.

O sol se punha por entre os pinheiros da floresta, lançando reflexos dourados no riacho que serpenteava por um campo verde, salpicado de flores silvestres. Uma aldeia se aninhava entre as encostas, tão minúscula ante a grandiosidade das montanhas que parecia de brinquedo. Fios de fumaça se erguiam das pequeninas chaminés. Os pastores recolhiam seus rebanhos, entre cantares distantes.

Com o coração mais aliviado, sentei-me na relva e tratei de ler a carta de Agnes que o porteiro me entregara quando saí do hotel. Depois de me dar notícias de seu dia a dia, como de hábito, ela reafirmava sua confiança em mim, sua certeza de que eu jamais sucumbiria ao sofrimento e seu orgulho com minha obra e meu prestígio.

A escuridão já havia escondido a paisagem, quando voltei para o hotel. Antes mesmo de jantar, subi para o quarto e escrevi uma longa carta para minha querida amiga. Agradeci-lhe pelo conforto que suas palavras animadoras me proporcionaram, pedi-lhe que continuasse me ajudando a encontrar forças para superar a dor e comuniquei-lhe que decidira me instalar na Suíça e retomar meu trabalho.

Dias depois, aluguei um chalé de pedra na aldeia do vale e me pus a escrever um romance. Em seis meses o livro estava concluído, e o enviei a meu editor, que o publicou sem mudar uma vírgula e me remeteu dinheiro suficiente para me sustentar por mais um semestre sem mover uma palha. Mas eu não conseguia ficar parado. Com uma nova história se formando em minha imaginação, rabiscava cá e lá um esboço de capítulo. E fazia muito exercício físico. Caminhava horas a fio por aquele cenário deslumbrante, escalava as encostas e ajudava os pastores a cuidar de seus rebanhos. Com isso fortaleci minha saúde, debilitada quando deixei a Inglaterra.

Em algum momento da mudança que pouco a pouco se operou em mim, comecei a pensar em Agnes como a companheira que eu poderia ter tido, a parceira ideal na alegria e na tristeza, na fartura e na privação, na saúde e na doença. A princípio, vislumbrei uma remota possibilidade de me casar com ela, porém, com o tempo, essa esperança me abandonou. Se um dia Agnes me amara, eu mesmo a havia levado a transformar esse amor em amizade. Se ela nunca me amara, eu não tinha por que acreditar que me amaria agora. Continuaríamos sendo amigos – o que já era um bem inestimável.

Eu estava elaborando meu quarto romance quando resolvi voltar para a Inglaterra. Desembarquei em Dover num entardecer de outono, escuro e chuvoso, e fui direto para a casa de tia Betsey. Acho que não serei injusto para com a memória de Dora ao admitir que a alegria do reencontro com minha segunda mãe acabou de arrancar-me o luto da alma.

Minha tia não gostava de "conversar por escrito", como dizia, e nas cartas que me enviara durante minha longa ausência se limitara praticamente a me informar que estava bem e a me recomendar que me cuidasse. Tinha, portanto, muitas novidades para me contar, e duas delas me tocaram de modo especial. Uma era que o sr. Micawber estava trabalhando firme na Austrália e mensalmente lhe enviava pequenas quantias para pagar sua dívida. A outra era que Agnes tinha muitos pretendentes.

– Ela já podia estar casada, se quisesse, mas desconfio que tem um amor secreto – titia comentou, fitando-me.

— Ela nunca me falou nada... — murmurei, perplexo.

— Pois se o amor é secreto... — Tia Betsey sorriu de um jeito estranho e levantou-se. — Vou me recolher — anunciou e dirigiu-se para a porta, mas, antes de sair, virou-se para me perguntar: — Quando é que você pretende ir a Canterbury?

— Amanhã. A senhora vai comigo?

— Não, meu filho — ela respondeu, com o mesmo sorriso nos lábios. — Boa noite.

Demorei-me ainda alguns minutos na sala vazia, olhando o fogo na lareira. E de repente tive a nítida impressão de ouvir a voz de tia Betsey erguendo-se lá das brumas do passado para me repetir o que só agora eu entendia: "Como você está cego, Trotwood...".

29

Sem lugar vazio

Durante algum tempo morei com minha tia em Dover e visitava Agnes ao menos uma vez por semana. Sempre que concluía um capítulo de meu novo romance, levava-o para lhe mostrar. Ao ver a atenção com que ela acompanhava minha leitura, ao perceber a emoção que meus textos lhe infundiam, ao escutar seus comentários sobre os acontecimentos de meu mundo de ficção, eu imaginava que, a seu lado, minha vida teria tomado um rumo muito diferente.

Limitava-me, porém, a imaginar, sem me atrever a dizer nada. Até que a necessidade de saber quem era seu amor secreto se tornou imperiosa e inadiável. Então selei o cavalo cinzento que tinha comprado ao voltar de minha longe viagem e toquei para Canterbury. O dia estava gelado, mas abençoei o vento frio que me fustigava o rosto, ajudando a aliviar o fogo que parecia arder em meu cérebro torturado pela dúvida.

Encontrei Agnes sozinha, lendo junto à lareira. Conversamos sobre meu novo livro, sobre o progresso que eu fizera desde minha última visita, sobre as cartas que recebia de leitores cada vez mais numerosos e mais empolgados.

– Logo você será tão famoso que não poderá circular por aí livremente, sem o assédio dos fãs – ela profetizou. – É por isso que trato de aproveitar ao máximo o presente – acrescentou, sorrindo. – Mas hoje você está tão pensativo...

– Quer saber por quê? – perguntei impulsivamente.

– Claro!

– Porque sei que você tem um segredo e não quer me contar – disparei. – Não confia mais em mim?

Agnes estremeceu e baixou a cabeça, sem me dar resposta.

– Você não acha que é muita falta de consideração deixar que eu soubesse por outra pessoa da existência de um amor secreto em sua vida? – prossegui, implacável. – Como pode me esconder um fato tão importante, tão fundamental para sua felicidade?

Lentamente ela ergueu o rosto pálido, banhado de lágrimas, e numa voz quase rouca admitiu que tinha um segredo, sim, porém acrescentou que não podia revelá-lo e se levantou para sair da sala.

Creio que foram justamente suas lágrimas que me encheram de esperança e me incutiram coragem bastante para saltar do sofá e enlaçá-la pela cintura. Agnes se abandonou em meus braços e pousou a mão em meu ombro.

– Demorei a perceber que amo você, não como irmã, e sim como mulher – declarei, profundamente emocionado. – Eu não diria nada, se você amasse outro, mas você acabou de me dar motivo para me atrever a acreditar que seu amor secreto...

– É você – ela me interrompeu, exultante. – Sempre foi você!

Um silêncio mágico se estabeleceu entre nós, mais eloquente que todas as palavras que eu poderia escrever.

Quinze dias depois nos casamos numa cerimônia discreta e tranquila, à qual compareceram apenas o sr. Wickfield, tia Betsey, Pegotty, o dr. Strong e... Thomas e Sophy Traddles (sim, eles finalmente haviam se tornado marido e mulher). Quando partimos para nossa lua de mel, Agnes me disse que tinha uma coisa para me contar.

– Pouco antes de morrer, Dora me pediu que ocupasse este lugar vazio – revelou, aninhando-se em meu peito.

Agora faz dez anos que estamos casados e felizes. Temos cinco filhos e vivemos em Londres, num casarão que compartilhamos com tia Betsey, uma octogenária firme como uma rocha, e com Pegotty, uma velhota gorducha e eternamente prestativa. Traddles e Sophy moram aqui perto, e nos visitamos com frequência. Soubemos que o sr. Pegotty prosperou na Austrália, criando ovelhas; que Emily se ocupa em cuidar de doentes pobres; e que o sr. Micawber finalmente encontrou uma ocupação digna de seus "múltiplos talentos".

E assim encerro a história que me propus contar. Tudo somado, concluo que até agora tive mais coisas a agradecer que a lamentar. Quanto ao futuro que me aguarda, sei que minhas possíveis alegrias serão imensas e meus possíveis sofrimentos serão plenamente suportáveis, se Agnes estiver a meu lado, bela e serena como sempre.

QUEM É HILDEGARD FEIST?

Hildegard – ou Hilde, como é chamada pelos amigos – nasceu em São Paulo, formou-se em letras neolatinas pela Universidade de São Paulo (USP), estudou sociologia da comunicação na American University, em Washington, D.C. (Estados Unidos), e, de volta ao Brasil, dedicou-se primeiramente à editoração de fascículos e depois à tradução de livros e à elaboração de adaptações de clássicos da literatura e de textos paradidáticos.

Seu desempenho profissional ao longo de mais de trinta anos de carreira tem dois traços principais: perfeccionismo e seriedade. Do mesmo modo, quem a conhece logo lhe atribui duas características fundamentais: talento e modéstia.

Uma de suas grandes paixões é a música, mais precisamente a ópera. Para assistir a uma temporada lírica, Hilde é capaz de viajar milhares de quilômetros – é por isso que, sempre que pode, vai à Europa ou à América do Norte. Mozart é seu compositor predileto, e todas as óperas baseadas em peças de Shakespeare despertam seu interesse: é o caso de *Otelo* e *Macbeth*, ambas do italiano Giuseppe Verdi, e de *A megera domada*, do alemão Hermann Goetz. Assim, não foi por acaso que teve especial prazer em adaptar também essas peças para a série Reencontro Literatura.